KEITAI SHOUSETSU BUNKO SINCE 2009
野いちご

キミが死ぬまで、あと5日
～終わらない恐怖の呪い～

西羽咲花月

JN178041

STARTS
スターツ出版株式会社

カバーイラスト/黎（クロイ）

【拡散希望】

　その動画が回ってきたら拡散しなければなりません。
　一度回ってきたら、消去しても、呟き(つぶや)きサイトを退会しても、逃げ道はありません。

　その動画が送られてきた日から５日後……。
　あなたは必ず死にます。

contents

1 章

砂嵐	8
心配	12
動画	19
連絡網	25
自殺	32
拡散希望	41
放課後	45

2 章

1年生の子	58
図書室	66
最悪の事態	77
メール	90
トラック	99
家	103
最期の配信	112
歌声	123
イケニエ	128
止まらない	140
他校の生徒	144
先延ばし	149

3 章

地蔵	156
図書館	162
祭り	169
拡散される	176
合流	186
1体だけ	192
仏壇	206
ミズキ	214
捜索	219
地下室	226
イケニエ	239

最終章

神社	256
呪い	270
1か月後	285
あとがき	288

1章

砂嵐
   すなあらし

　薄暗く、狭い部屋の中。
　1人の少女の息づかいだけが聞こえてきていた。
　そっと近づいて見てみると、少女の顔が鮮明に浮かび上がってくる。
　少女は手にスマホを握りしめていて、その光を浴びているようだった。
　少女の視線はジッとスマホに向かったままで、少しもブレない。
　画面を見つめている瞳(ひとみ)が大きく見開かれ、小さな口がポカンと開いていく。
　画面上の砂嵐のような動画が、少女の瞳に映り込んでいた。
　しかし、瞳の中の映像ではそれが何か把握することはできなかった。
　やがて少女は恐怖で表情を歪(ゆが)め、大きな悲鳴を上げたのだった。

　今日はとてもいい天気だった。
　朝から大好きなチーズトーストを食べたあたしは、絶好調で家を出た。
「あ、リナ。おはよう！」
　登校途中の友人を見つけて、あたしは片手を上げて挨拶(あいさつ)

をした。
　ポニーテールの板野リナが一瞬こちらを見て、そして逃げるように走っていってしまった。
　あたしはポカンとしてリナの後ろ姿を見つめる。
「なんだありゃ」
　後ろからそんな声が聞こえてハッとして振り返ると、そこには幼なじみで今はクラスメートでもある平川寛太が立っていた。
　寛太はスポーツマンで、梅雨明け前だというのによく日に焼けていた。
「リナ、なんかあったのかな」
　普段から挨拶を無視するような子じゃない。
　高校に入学してからずっと仲がよかったから、リナの性格は少しは把握しているつもりだった。
「虫の居所でも悪かったんだろうな。まぁ、気にするなよ」
　寛太はそう言い、あたしの頭をポンッと叩いた。
　昔は同じくらいの身長で、手の大きさだって変わらなかったのに。
　今あたしの頭に乗せられたその手はとても大きく感じられて、ドキリとしてしまった。
　寛太にドキドキするなんてありえない！
　すぐにそう考え直して「ちょっと、子ども扱いしないでよ」と、寛太を睨み上げた。
「イズミはまだまだ子どもだろ？」
「どこが子どもよ」

「身長とか」
　そう言われ、余計にムッときた。
　あたしの両親は２人とも背が低い。
　よって、あたしも当然のように小さくてギリギリ150センチある程度だった。
　スポーツをやりはじめてから急激に身長が伸びた寛太を羨ましいと感じ、あたしもバスケットをしたことがあった。
　けれどその頃にはすでに周囲よりも背が低く、チームの足手まといになって辞めてしまったのだ。
「あたしにとって、この身長はコンプレックスでしかないんですけど」
「それがまたかわいいんだって」
　ムスッとしたままのあたしに寛太は言った。
「今さらそんなこと言われてもうれしくないし」
　あたしは寛太へ向けてイーッと歯を見せて、大股で歩き出したのだった。

　教室に到着して室内を見回してみても、リナの姿はなかった。
「あれ、リナの奴いねぇじゃん」
「本当だね。どうしたんだろう」
　さっきのことがあるから少し気にかかる。
「おはよう２人とも〜」
　席へ向かう途中、幼なじみで友人の浮田沙良に声をかけられて足を止めた。

沙良は同級生とは思えないほど大人びていて、密かに思いを寄せている男子生徒も多数いるらしい。
　学校のマドンナ的な存在だった。
「おはよう沙良。ねぇ、リナ見なかった？」
「リナ？　まだ来てないみたいだよ？」
「そうなんだ……」
「どうしたの？　リナに用事でもあった？」
　首をかしげてそう聞いてくる沙良に、あたしは左右に首を振った。
「ううん。なんでもない」
　そして、そう返事をして自分の机に向かったのだった。

心配

　それからホームルームが終わるまで待ってみても、リナは教室に現れなかった。
「休むって連絡も来てないみたいだね」
　心配をしていたところに沙良がそう声をかけてきた。
「うん……」
「そんなに心配しなくても、ただのサボリでしょ？」
「それならいいんだけど……でも今朝、通学路でリナを見たから」
　そう言うと、沙良が「どういうこと？」と、聞いてきた。
「それが、声をかけたんだけど無視されちゃって」
「嘘。リナってそんな子じゃないじゃん。聞こえてなかっただけじゃない？」
「そうだといいんだけど……」
　そう言いながらも、それはないと思っていた。
　あの時、たしかにリナと視線がぶつかった。
　リナは、あたしに気がついていたはずだった。
　学校をサボるにしても、何か一言あったはずだ。
「そんなに気になるなら、メッセージでも送ったら？」
　沙良にそう言われてあたしはスマホを取り出した。
　リナともメッセージのやりとりはするけれど、頻繁じゃない。
　普段同じ教室にいるから、すぐに話しかけてしまう。

メッセージの内容に少し悩んだあと、結局は【今日はどうかしたの？　体調でも悪い？】と、簡単なものを送った。
「そういえば、少し顔色が悪かった気もするよなぁ」
　あたしたちの会話を聞いていたのか、前の席の寛太が振り向いてそう言ってきた。
「そうだっけ？」
　あたしは首をかしげて聞き返した。
「あぁ。なんか、青ざめてた気がする」
　そう言われればそうだったかもしれない。
　朝からいつものリナじゃなかったのは、たしかみたいだ。
「大丈夫なのかな？　体調が急変して学校に来られなくなったんだとしたら、どこかで倒れてないよね？」
「やめてよイズミ。こっちまで心配になってくる」
　沙良が顔をしかめてそう言った。
　けれど、さっき送ったメッセージの返事も来ない。
　確認してみると既読すらついていないことがわかった。
「大丈夫だって。倒れてたとしても、まわりの人が助けてくれるだろうしな」
　寛太の言葉に、あたしは曖昧に頷いたのだった。

　リナのことを気がかりに感じながらも、時間はいつもどおりに進んでいく。
「イズミ！　見て見て！」
　あたしが授業の準備をしているところにそう声をかけてきたのは、クラスメートの江崎円だった。

円は名前のとおり"まんまる"とした外見で、マスコット人形のような愛らしさがある生徒だった。
「何？」
「じゃーん！　今月の新刊！」
　そう言って円が見せてきたのは、毎月発行されているホラーマンガ雑誌だった。
　女性向けに発行されているマンガ雑誌で、円はこの雑誌の大ファンだった。
「またそんなの買ってきたの？」
　あたしは少し眉を寄せてそう言った。
「『また』って、これは乙女のバイブルでしょ！」
　円はなんの疑いも持っていない純粋な瞳を、あたしへ向けてそう言った。
　ホラーマンガが乙女のバイブルだなんて……聞いたことがない。
　円の怖い物好きは有名で、学校内にあるオカルト研究会にも入っている。
　なんでも、円の集めてくる怖い話はどれも信憑性があり、本物が多いという噂だ。
　そのため、円のまわりには怖い物好きな生徒たちでいつも溢れていた。
「円、それは乙女のバイブルではないと思うよ」
　クスクスと笑いながら沙良が声をかける。
「だよねぇ沙良」
　あたしは沙良の意見にうんうんと頷き、同意した。

「なんでよ。2人とも怖い話、好きでしょ？」
　円が膨れっ面になってそう聞いてくる。
「好きだけど、毎月マンガや雑誌を買うほどじゃないなぁ」
　沙良はそう言いながら、円の持ってきたマンガ雑誌に目を通しはじめた。
「まぁ、面白いとは思うけどさ」
「これはマンガだけど、心霊現象には本物だってあるんだからね」
　円が真剣な表情になってそう言ってきた。
「円って、本物かどうかの見分けがつくの？」
　あたしはそう聞いた。
「もちろん」
「へぇ！　それってどうやって見分けるの？」
　少し興味が湧いてきたのか、沙良が目を大きくした。
「まずは噂の出所を調べるんだよ。その噂が生まれた土地に行って、話を聞いたり、実際に現場を見たりするの」
　なかなか本格的なことをしているみたいだ。
「信憑性のある話はあたしのホームページにまとめてあるから、2人とも興味があったら見てみてね」
　そう言った円は、あたしと沙良宛にメッセージでＵＲＬを送ってきた。
　ホームページまで作っているなんて、本当にオカルトが大好きなんだなぁ。
　円の作ったホームページに接続してみると、たくさんの都市伝説や聞いたことのない心霊スポットまでさまざな

リンクが張られている。
　その1つのページに入ると、円がみずから調べたことが書かれていた。
　ここまでたくさんのことを調べるなんて、想像しただけで途方に暮れそうになる。
「お前ら、なに見てんだよ」
　友人の北田博樹と話をしていたはずの寛太が、席に戻ってきてそう聞いてきた。
「見てこれ！　円のホームページだって！」
　沙良がスマホ画面を寛太へ見せてそう言った。
「え、マジで？　円ってこんなの調べてんだ？」
「そうだよ。たいてい悪趣味って言われて終わるけど」
　円がそう言うと、寛太は「なんで？　すげぇじゃん！」と目を輝かせた。
　そういえば寛太はオカルト平気だっけ。
「本当？」
　円が驚いた表情で寛太を見る。
「俺は都市伝説とか好きだしさ、これだけ調べるのって普通にすごいじゃん」
「だよね。すごい行動力」
　あたしは寛太の言葉に続いてそう言った。
　怖い話は苦手だけど、収集力は素直に驚くことだった。
　寛太に褒められた円はうれしそうに頬を緩めた。
「じつは今、とっておきの怖い噂話を調べてるところなんだ！」

「とっておきの?」

 沙良がそう聞き返す。
「そう!　誰もが被害者になる可能性がある、今一番恐ろしい話」

 円が低い声でそう言うので、背中がゾクリと寒くなる。
「何それ、面白そうだな」

 寛太はすぐに食いついた。

 しかし円はニヤリと笑い「詳細はまだ秘密。ちゃんと調べてからサイトに載せるから、楽しみにしてて」と言って、自分の席へと戻っていったのだった。

 それから数時間後。

 昼休みになってからリナは教室に現れた。

 すぐに声をかけようと席を立ったが、その顔色の悪さに近づくことをためらってしまった。

 青ざめたリナは誰とも挨拶をせず、真っ直ぐに自分の席へ向かう。

 今朝からこんな調子なら、あたしだってきっとすぐに気がついたはずだ。

 あれからまた何かあったのかもしれない。

 その異様な雰囲気にクラスメートたちも気がついているようで、誰もリナに声をかけようとはしなかった。

 リナが自分の席に座った時、円がリナに近づいた。

 リナも怖い話が大好きなので円とリナは仲がいい。
「リナ、今日は重役出勤だねぇ」

ちょっとおどけた調子でそう言う円に、クラス内の空気が少しだけ和んだ。
　しかし、リナはその言葉も無視し、うつむいていた。
　その態度に円が笑顔を消した。
「リナ、どうかした？」
　リナの机の前にしゃがみ込み、心配そうに尋ねる円。
「リナ？」
「……大丈夫だから」
　リナの小さな声が聞こえてきたが、リナはそれ以降、円と話をすることはなかったのだった。

動画

「今日のリナはやっぱり変だね」
　中庭でお弁当を食べ終えて教室へ戻っている最中、沙良がそう言ってきた。
「だよね。朝から変だなって思ってたもん」
「だけど学校には来たってことは、体調不良でもないっぽいし」
　沙良はそう言って「う〜ん」と、首をかしげた。
「今はそっとしておいたほうがいいのかもしれないね。円にだってあの態度だったしさ」
「そうだね。友達と騒ぐのも嫌なくらいだもんね」
　「そんな時もあるよね」と、沙良は大人びたため息を吐き出した。
　それを見て苦笑いをしながら教室へ入ると、女子生徒たち数人が教卓の前で輪になっていた。
「かわいい！」
「いいなぁ！　あたしにも送って！」
　楽しそうにキャアキャア騒いでいる声に、つい引き寄せられてしまう。
　リナが1人で机に突っ伏しているのが気がかりだったけれど、あたしは輪の中に入っていった。
「何してるの？」
「あ、イズミ！　これ見て！」

クラスメートの1人がそう言い、あたしにスマホを見せてきた。
　それは呟き投稿サイトで、あたしも登録している。
　文字だけでなく動画や写真も投稿できる人気サイトだ。
「何これ」
　そう言って画面を見てみると、子猫がクマのぬいぐるみにジャレている動画が流れはじめた。
　真っ白な毛並みの子猫が一生懸命に遊んでいる。
　たったそれだけなのに、かわいさは破壊的だった。
「何これかわいい！」
　思わず大きな声でそう言っていた。
「でしょ!?　今みんなで拡散してるの」
「しようしよう！　もっとたくさんの人に見てもらいたい！」
　あたしはそう言い、スカートのポケットからスマホを取り出した。
「動物動画なら俺もたくさん持ってるぞぉ！」
　女子たちの中に堂々と加わってきたのは博樹だった。
　ちゃっかり片手にはスマホを持っていて、すでに動画が再生されている。
　けれどそれは動物動画ではなくて、ウサギの着ぐるみを着ている遊園地のキャラクターの動画だった。
「何これ、動物じゃないじゃん」
　女子の1人が文句を言うと「ちょっと見てろって」と、博樹。

いつもお調子者の博樹が見せてくる動画ということで、みんな自然と画面に集中した。
　すると次の瞬間、着ぐるみを着た人間が小学校高学年くらいの少年に押し倒されてウサギの顔を奪われてしまったのだ。
　中から現れた男性はアタフタし、周囲にいた子どもたちは泣きはじめる。
　頭を奪った少年を追いかける男性。
　そのコミカルな内容に思わず吹き出してしまう。
「面白いだろ」
　自分が撮影したわけでもないのに、博樹は自信満々にそう言った。
「いいね、そういうのあたしも好き」
　沙良がそう言うと、博樹は頬を赤らめた。
　なんてわかりやすい反応だろう。
　しかし、沙良は動画に夢中で肝心なところには気がついていない。
「もっとたくさんあるぞ」
　そう言って画面を見せてくる博樹。
「待って博樹、その動画あたしにも拡散してよ」
　そして、あたしがそう言ってスマホを操作しようとした時だった。
　横からスマホを奪われ、なんの反応もできなかった。
　横を見るといつの間にかリナが立っていて、青ざめた顔であたしのスマホを握りしめている。

「何……？」
　驚いたけれど、やっとの思いでそう聞いた。
　リナは無言のまま、ジッとあたしたちを睨みつけている。
　リナの顔があまりにも恐ろしくて、絶句してしまう。
「リナ、どうしたの？」
　何も言えなくなったあたしの代わりに沙良がそう言ってくれたおかげで、少しだけ緊張が解けた。
「みんな、呟きサイトに登録してるの？」
　リナの低い声が響く。
「う、うん。あ、リナも登録してる？　今ね、すっごくかわいい動画が送られてきてさぁ」
　どうにか明るい話題に持っていこうとした時だった。
「今すぐに退会して!!」
　リナの悲鳴に似た声が教室中に響き渡っていた。
　青ざめたリナは目を血走らせている。
　どう見ても普通の状態じゃない。
「リナ……。今日はいったいどうしたの？」
　沙良がリナの肩にそっと触れる。
「動画なんて見ちゃダメ！　拡散も絶対にしちゃダメ!!」
　リナは沙良の手を振り払って、唾をまき散らしながら叫び続けた。
「おいおい、落ちつけよリナ」
　いつもの調子で明るく言う博樹。
　だけど、リナの様子は変わらない。
「リナ。落ちついて」

沙良がそう言い、再びリナに手を差し伸べた時だった。
パンッ！と肌を打つ音が響き渡る。
それは一瞬の出来事で、何が起こったのかあたしにはわからなかった。
沙良が右頬を押さえ、唖然としてリナを見つめている。
一方、リナは肩で呼吸を繰り返し、ジッと沙良を睨みつけている。
リナが沙良を叩いたんだ。
次の瞬間、やっとそう理解できた。
「おい、なんで……」
突然の出来事に呆然としながらも、博樹がどうにか言葉を振り絞る。
あたしは動揺を隠すように、沙良の手を強く握りしめることしかできなかった。
みんな、異様な状態のリナに何も言えないでいる。
「何してるの！」
重たい沈黙を破ってそう叫んだのは円だった。
他のグループと一緒にいた円がすぐに駆けつけてくる。
「円も登録してるの？」
沙良に謝ることもなく、リナはそう言った。
「登録って、どこに？」
「呟きサイトだよ」
「あぁ……。どうだったかな……」
今、そんな話はどうでもいい。
叩かれた沙良は唖然としたまま動けないでいる。

「沙良……」
　博樹が不安そうな声を出す。
　こんな時、どうすればいいのかわからない。
　リナに怒ったとしても事態はよくなりそうにないと、博樹もわかっているようだ。
「今すぐ退会して!!」
　リナが円へ向けて叫ぶ。
「ねぇリナ、今その話はどうでもいいでしょ？　なんで沙良のことを……」
「落ちついてなんていられないから!!」
　円の言葉を遮り、リナが叫ぶ。
　それはもう、あたしの知っているリナとは別人のようだった。
　挨拶もしない、メッセージの返事も出さない、揚げ句、訳がわからないまま沙良のことを叩いたのだ。
「腫れるかもしれないから、保健室に行こう」
　リナと会話をすることを諦めたあたしは、そう言って沙良と２人で教室を出たのだった。

連絡網

「俺も行く！」
　沙良と2人で教室を出た直後、博樹がそう言って追いかけてきた。
「博樹はいいのに」
　あたしは振り向いてそう言った。
　こういう時は女同士のほうが安心できるかもしれない。
「なんだよ、その言い方」
　博樹は仏頂面になってそう言った。
　その顔がおかしかったから、沙良が小さく声を出して笑った。
「イズミも博樹も心配してくれてありがとう。2人とも保健室についてきてくれる？」
　沙良の言葉に博樹はうれしそうに頬を緩めて、鼻の下を伸ばしている。
　沙良がそう言うのなら、あたしが断る理由はどこにもなかった。
　あたしたち3人は、沙良を真ん中にしてゾロゾロと保健室へ向かう。
「頬、痛い？」
「少しね」
　沙良はそう言って、叩かれた右頬にそっと触れた。
　熱を帯びているようで、赤くなっている。

見ているだけで痛そうだ。
「リナの奴、本当にどうしたんだろうな」
　博樹が真剣な表情でそう言った。
「クラスメートを叩くようなこと、今まで一度だってなかっただろ？」
　博樹の言葉にあたしと沙良は同時に頷いた。
　無意味に人を傷つけるような生徒、C組にはいないはずだった。
　けれど、いくら考えてみてもリナに何が起こったのかはわからない。
　気がつけば、あたしたちは保健室の前まで来ていた。
「じゃ、俺は教室に戻るから」
「え？　入らないの？」
　あたしは驚いてそう聞いた。
「先客もいるみたいだし、俺はいないほうがいいだろ」
　博樹にそう言われて半分ほど開いているドアから保健室の中を覗き込むと、B組の山田幸穂がイスに座っているのが見えた。
　ここから見ただけでも顔色が悪い。
「ありがとう、博樹」
　沙良がそう言うと、博樹はポッと頬を赤らめ「じゃあな」と、カッコつけて教室へと戻っていったのだった。
　その後ろ姿を見送り、ノックをして保健室へと入る。
「沙良、イズミ」
　あたしたちに気がついた幸穂が声をかけてきた。

その声には元気がない。
「幸穂、大丈夫？」
　自分のことはあと回しで、沙良は幸穂のことを心配している。
「ちょっと気分が悪くなって休憩してたの」
「そっか。ねぇ、先生は？」
　教室内を見回してみても、先生の姿はなかった。
「今、職員会議に出てるよ。すぐに戻ってくるとは言ってた」
　そう言ってから幸穂は沙良の顔をマジマジと見つめた。
「どうしたの、頬」
　沙良の頬が赤くなっていることに気がついて、幸穂がそう聞いてきた。
　幸穂とリナは同じ中学で、仲がいい。
　そんな背景から、あたしたちも幸穂とは会えば話す仲だった。
　そんな幸穂へ本当のことを言っていいものかどうか迷い、あたしと沙良は黙り込んでしまった。
　自分の友達がクラスメートを殴っただなんて、知りたくないだろう。
「もしかして、リナ？」
　そう聞かれ、ハッと息をのんで幸穂を見た。
「どうしてリナだって思ったの？」
　沙良がそう聞いた。
「ちょっと……思い当たることがあって」
　そう言い、幸穂は視線を伏せた。

長いまつ毛が小刻みに揺れている。
「思い当たることって何？　リナ、なんだか今日は様子がおかしくて」
　そう聞くと、幸穂は顔を上げてあたしを見た。
「だけど、言っても信じてもらえないから」
　幸穂は小さな声でそう言い、あたしたちから逃げるように保健室を出ていってしまったのだった。
　信じるか信じないかなんて、聞いてみないとわからないのに。
　そう思っていると、保健の先生が戻ってきてくれた。
　事情を簡単に説明すると、氷水を用意してくれた。
「あら、山田さんは？」
　保健室の中を見回して、先生がそう聞いてきた。
「さっき教室へ戻っていきました」
「そう。気分がよくなったならいいけれど」
　先生はそう言い、デスクに座ってルーズリーフに何か書き込みはじめた。
「今どき殴り合いのケンカなんて珍しいわね」
　先生は沙良へ向けてそう言い、クスクス笑った。
　沙良が一方的に叩かれたのだとは言えなかった。
「沙良、大丈夫？」
「大丈夫だよ。痛みは引いたし、ちゃんと冷やしたら腫れないと思うし」
「そっか……。でも、沙良のファンはショックだよね」
　あたしがそう言うと、沙良は「そんなのいないから」と

笑ってみせた。
「でも、リナとのこと、ほかのクラスの子には黙っててね」
「うん」
　黙っていたとしても、きっとすぐに噂は広まるだろう。
　それでも内緒にしてほしいという沙良の優しさに、あたしはほほ笑んだのだった。

　教室へ戻るとすでにリナの姿はなく、放課後まで戻ってくることはなかった。
　家に戻ってからも一度リナにメッセージを送ったけれど、やっぱり返信は来なかった。
　気になるけれど、リナには円や幸穂がいる。
　きっと大丈夫だろう。
　そう思って、あたしは眠りについたのだった。

　翌朝。
　珍しく早めに目が覚め、ちょうどベッドから起き上がった時だった。
　バタバタと階段を駆け上がってくる足音にハッとする。
　次の瞬間、ノックもなしにドアが開けられた。
「お母さん、どうしたの？」
　廊下には血相を変えたお母さんが立っている。
「イズミ、B組の幸穂ちゃんって知ってるわよね!?」
　突然そう聞かれて、あたしは頷いた。
　昨日、保健室で会話をしたばかりだ。

「知ってるけど、なんで？」
　あたしは、首をかしげながらそう聞き返した。
「今、学校から緊急の連絡が回ってきて、突然亡くなったって聞いたの」
「え……？」
　あたしはお母さんを見つめたまま目を見開いた。
　突然亡くなった？
　『亡くなった』という言葉の意味がわからなくなる。
「亡くなったって……死んだってこと？」
　恐る恐るそう聞いてみると、お母さんが頷いた。
　幸穂が死んだ……。
「な……んで？」
　そう聞く自分の声が、自分のものとは思えないくらいカラカラに乾いていた。
「原因はわからないけれど、イズミは通常どおり学校へ行っていいそうよ」
「学校って……幸穂が死んだのに!?」
　思わず声を荒げてしまう。
　幸穂とは特別に仲がよかったわけじゃない。
　けれど、リナを通して知り合って、呼び捨てにできるくらいの関係だった。
　幸穂が死んだと聞かされたのに、いつもどおり学校へなんて行けるはずがなかった。
「気持ちはわかるけれど、今は学校も幸穂ちゃんのご両親も混乱しているはずだし、学校へ行けばまた新しい情報が

あるかもしれないでしょ」
「そうかもしれないけど……！」
　とてもじゃないけど、いつもどおりに学校へ行く気分になんかなれない。
　今すぐ幸穂に会いに行きたい。
　死んだなんて嘘だし、笑った顔の幸穂が見たい。
　あたしの手を、お母さんが優しく握りしめてくれた。
「きっと大丈夫よ。何があったのかわからないけれど、学校へ行けば先生だっているんだから」
　そして、そう言いながらあたしの頬に指を当てた。
　どうやら、気がつかない間に泣いていたようだ。
　幸穂が死んでしまったなんてまだ実感もないのに、涙腺(るいせん)だけが先走っている。
　あたしは自分の涙を手の甲(こう)で強くぬぐった。
　泣くな。
　幸穂はまだ生きてる。
　絶対に生きているんだから。

自殺

　眠気は、完全に吹き飛んだ。

　朝ご飯を食べる気になれなかったあたしは、お母さんと2人でリビングのソファに座り、温かな紅茶を飲んでいた。

　ムシムシと暑い梅雨だけど、温かな物を飲みたい気分だった。

　とくに会話もなく時間だけが過ぎていく。

　不意に、お母さんがテレビをつけた。

　テレビの中では今日もなんの変化もなく、お天気お姉さんが元気に今日の天気を伝えている。

　何も変わらない日常。

　何も変わらないように見える、日常。

　だけど、気持ちは落ちつかず、30分も早く家を出た。

　いてもたってもいられなくて、家にとどまっていることができなかったのだ。

　けれど、学校へ近づくにつれてあたしの足は重たくなっていった。

　学校へ行けば現実を突きつけられることになる。

　そう思うと、どんどん歩幅は狭く、歩調もゆっくりになっていく。

　そして学校の校門が見えた時、あたしはついに立ち止まってしまっていた。

　今、教室へ向かってもきっと誰も来ていないだろう。

先に職員室へ行って、幸穂のことを先生たちに質問することはできる。
　けれど、1人でその話を聞く勇気なんてなかった。
　あたしはその場に立ち尽くし、灰色の校舎を見上げた。
　この狭い空間でも何百人という人間がいて、いろいろな物語が繰り広げられている。
　そしてその物語が繫がり合い、重なり合い、1つの学校を作り上げているのだ。
　それなのに、幸穂だけがそのストーリーからポンッと抜け落ちてしまった。
　そして、もうこの物語に戻ってくることはない。
　幸穂が抜けたあとの物語がどうなっていくのか、今のあたしには想像もつかなかった。
「イズミ？」
　そう声をかけられて振り返ると、寛太が立っていた。
　寛太も同級生の死にショックを受けたのだろう。目の下にクマがあるし、顔色もよくない。
「寛太……」
「なんでこんなところで立ち止まってんだよ」
　そう言い、寛太の大きな手があたしの頭を撫でた。
「だって……」
「まぁ、わかるけどな。家にいても落ちつかないし、早く学校に到着しても、現実を突きつけられるのが辛いしな」
　寛太がそう言い、さっきまでのあたしと同じように校舎を見上げた。

寛太も同じ気持ちなのかもしれない。
　ここから先に足を踏み入れると、幸穂が死んだと認めなければならないから、怯(おび)えているのだ。
　あたしは寛太の手を握りしめた。
「でも、一緒なら大丈夫だと思う」
　そう言うと、寛太は驚いたようにあたしを見て、そして笑った。
「そっか。じゃあ、ここにいても仕方ないし、行くか」
「うん」
　あたしはしっかりと頷いて、寛太と2人で歩き出したのだった。

　まだ早い時間だったけれど、すでに数人のクラスメートたちが登校してきていた。
　みんなバラバラに座り、音楽を聞いたり本を読んだりしていて、教室内はとても静かだ。
　けれど、あたしと寛太が教室へ入ると、みんないったんは顔を上げた。
　そして一様に泣きそうな表情を浮かべ、また自分の世界へと戻っていった。
　ここにいる生徒たちも、みんなあたしと同じだ。
　家にいることも嫌で、学校へ来ても現実を見たくなくて、そんな子たちが早くに集まってきてしまったようだ。
「どうする？　先生に話を聞いてくるか？」
　机にカバンを置いたあと、寛太がそう声をかけてきた。

「ううん……」
　早く何かの情報を仕入れたいという気持ちはあった。
　けれど、人より情報を多く持っていることで辛くなることもあるだろう。
「そっか」
　寛太は小さく返事をして、またあたしの頭を撫でたのだった。
　それから20分ほどするといつもの登校時間になり、教室の中はいつもの風景に戻っていた。
　けれど賑やかさは欠けていた。
　まるで賑やかにすることが悪いことだと思っているように、みんなとても静かだった。
「おはようイズミ」
　その声に顔を上げると沙良だった。
　沙良も寛太同様に目の下にクマを作っている。
　昨日リナに叩かれた場所はもう目立たなくなっていた。
「おはよう沙良」
　そう言ってどうにかほほ笑んでみるけれど、上手くいかなかった。
「先生から話を聞いてきたよ」
　沙良の言葉にあたしは「え!?」と、目を見開いた。
「少しでも早く、幸穂に何があったのか知りたかったから」
　そう答える沙良の瞳は強かった。
　現実から目をそらしていない沙良に、少しだけ羨ましさを感じる。

「幸穂ね、昨日の終電で──」
「次はあたしの番だ‼」
　沙良の言葉はリナの叫び声によってかき消されていた。
　クラスメートたちの視線が一斉にリナへと向かう。
　リナは机にガンガンと自分の額を打ちつけながら「次はあたしが死ぬんだ‼」と、叫び声を上げている。
「リナ⁉」
　あたしは驚いて席を立った。
「何してるのリナ！」
　リナの額からは血が流れ出し、それが机にこびりついている。
　数回で出血するほど強く打ちつけているのがわかった。
　それでもリナはやめなかった。
　何度も何度も机に頭を打ちつけて「次はあたしが死ぬんだ！」と、繰り返す。
　手を差し伸べても、リナは止まらない。
　額から流れた血がリナの顔を真っ赤に染めていく。
「誰か、先生を呼んできて！」
　あたしは必死になってそう叫んでいた。
　幸穂が亡くなったことで混乱しているのかもしれないけど、あまりにも異常な行動だった。
「リナ、落ちつけって」
　寛太が助けに来てくれて、リナの背中をさする。
　あたしは教室内を見回した。
　みんなリナから距離を保ち、見守っている。

沙良と視線がぶつかった。
　沙良はあたしを見たあと、口を開いた。
「幸穂、昨日の終電で……ホームから落ちたんだって」
　声にならないほどの沙良の小さな声が、あたしの耳にはハッキリと聞こえてきたのだった。

　しばらくすると先生がやってきて、リナは保健室へと運ばれた。
　騒然とする教室内に、どっと疲れが押し寄せてくる。
「幸穂は自殺だったの？」
　自分の机に戻ってから小さな声で沙良にそう尋ねると、沙良は左右に首を振り、「わからない」とだけ答えた。
　幸穂は自殺をするほどに悩んでいたのだろうか？
　そんな話、聞いたこともなかった。
　それにリナの反応も気になる。
『次はあたしが死ぬ』
　それはまるで、自分が死ぬとわかっているような言い方だった。
「今日もリナの様子はおかしいな」
　そう声をかけてきたのは博樹だった。
「そうだね……」
　沙良が力なく返事をするので、博樹の表情も暗い。
「心配しなくてもなんとかなるって！」
　途端に博樹が大きな声でそう言った。
　見ると、さっきまでの表情の暗さはどこにもなくて、明

るい笑顔を見せている。
「教室内が暗いと、気分もどんどん落ち込むだろ？」
　そう言って、博樹はなんとか沙良を笑顔にさせようとしている。
　それが沙良にも伝わったのか、表情が和いだ。
　こんな時だけど、2人を見ていると羨ましいと感じてしまう。
　沙良は博樹に愛されているな……と。
「ちょっと、リナの様子を見てくるね」
　あたしはそう言って席を立った。
「それなら、あたしも一緒に行く」
　沙良がそう言ってきたので、あたしは「ううん」と、左右に首を振って止めた。
「大勢では行かないほうがいいかもしれないから」
　それに、今は2人の邪魔になりたくないしね。
　あたしは心の中でそう言い、1人で教室を出たのだった。

　いったん職員室へ向かって先生と話をすると、リナは情緒不安定な状態だから、このまま早退するかもしれないそうだ。
　早退するにしても、それまでの間、リナを1人にしておくのは気が引けた。
　先生にお礼を言い、保健室へと向かう。
「リナ、いるの？」
　保健室のドアをノックして中へ入ってみると、電気はつ

いているものの、誰の姿もなかった。
　もう早退してしまったんだろうか。
　さっきの『次はあたしの番だ』という言葉の意味も知りたかったのだけど……。
　そう思った時、保健室の先生が戻ってきた。
「先生、リナはどこへ行ったんですか？」
「板野さん？　あら、さっきまでベッドで横になってたのに」
　3つあるベッドはすべて空の状態だ。
「1人で教室に戻ったのかもしれないわね」
　あたしはリナとすれ違ってしまったのかもしれない。
「ありがとうございます」
　先生へ向けてお礼を言い、教室へと向かいはじめた時だった。
　階段を上がる手前でリナの後ろ姿を見つけた。
　階段ですれ違わなかったからトイレにでも行っていたのかもしれない。
「リナ!!」
　あたしはすぐに駆け寄った。
　リナがビクリと体を震わせてあたしを見る。
　どうしてそんなに怯えているんだろう。
「リナ大丈夫？」
　あたしはリナの隣を歩きながらそう聞いた。
　しかしリナは黙ったままだ。
「昨日から様子がおかしかったから、心配してたんだよ？

何かあったのなら、教えてほしい。相談に乗るから」
「……次はあたしが殺される」
　小さな声だったのに、リナの声はハッキリと聞こえた。
　あまりにも絶望的なその声色に、背筋がゾッと寒くなるのを感じた。
「どうしてそんなこと言うの？　幸穂が亡くなったからって、そんな……」
「イズミはまだ知らないからだよ!!」
　途端に叫ばれ、あたしは目を見開いた。
「し……知らないって……何を？」
「みんな知らないんだよ。言っても信じてもらえない」
　教室がある２階まで上りきった時、リナが廊下にある窓をジッと見つめた。
「リナ。あまり近づくと危ないよ」
　窓はしっかりと閉じられているから、危険ではないはずだった。
　けれど、嫌な予感が胸をかすめて、あたしはリナの手を握りしめていた。
「今日はもう早退したほうがいい。ね？」
　あたしはそう言い、リナを担任の先生に任せたのだった。

拡散希望

　結局、リナは何も教えてくれなかった。
　窓をジッと見つめていたリナを思い出すとゾッとする。
　あたしが保健室まで迎えに行かなければ、リナは今頃どうなっていたかわからない。
　でも、今日１日休めばリナも気分が変わるかもしれない。
　そうすれば、きっと何か話をしてくれるだろう。
「イズミ、リナは？」
　沙良にそう聞かれて、あたしは先生が送って帰ったということを伝えた。
「そっか……」
　沙良は押し黙り、うつむいてしまう。
　幸穂が死に、リナの様子もおかしい。
　教室内はとても静かで博樹でさえ今は大人しかった。
「明日は幸穂の葬儀だって。さっき、B組の先生が言いに来たの」
「行くの？」
「行きたかったけど、特別に仲のよかった子だけでって言ってた」
　大勢で押しかけるべきではないのだろう。
　幸穂と特別に仲のよかった子……。
　あたしのクラスなら、リナと円の２人くらいか。
　あたしも、できれば出席したいけれど無理そうだった。

「リナは行くのかな……」
　あたしは誰もいないリナの机を見つめて、そう呟いたのだった。

　その日、家に戻るとあたしは着替えてベッドに寝転んだ。
　いろいろなことが起こって精神的にとても疲れている。
　先生たちも1日バタバタしていて、授業も自習がメインで、まったく進まなかった。
　ベッドの上で目を閉じると、血まみれになったリナの顔を思い出す。
　何かに怯え追い詰められているような表情をしていた。
　あたしはスマホに手を伸ばしてメールが来ているか確認してみたけど、リナからの返事は何もない。
　あたしは脱力するように大きくため息を吐き出し、そのまま眠りについたのだった。

　翌日、学校内はいつもより静かだった。
　B組の生徒が全員、葬儀へと向かっているせいもある。
　静かな廊下を歩いて教室へ入った時、沙良が「イズミ」と手招きをしてきた。
　数人の女子たちと一緒に輪になっている。
「何?」
　そう聞きながら近づいていくと、沙良の手にはスマホが握られていた。
　画面には何か動画が流れているけれど、砂嵐ばかりで何

も見えない。
「何この動画」
「わからないんだけど、拡散で広まっていってるみたいなんだよね」
　動画につけられている文章は【拡散希望】だけだった。
　だから、みんな拡散しているようだ。
「こんな動画を拡散したって意味ないのにね」
　あたしがそう言うと、「でも、この砂嵐の中に人の顔が浮かんで見えたとかって噂が流れてるんだよ」と、沙良が答えた。
「へぇ。全然顔なんて見えないじゃん」
「だよねぇ。拡散希望って書いてあるけれど、無視してればいいよね？」
「そうだね。それよりリナは？」
　教室内にリナの姿はないけど、机の横に弁当箱が入っていると思われる巾着がかけられている。
「B組の生徒と葬儀へ行ったみたいだったけど……」
　そう言い、沙良がリナの机へ視線を向けた。
「そっか。様子はどうだったの？」
　そう聞くと、沙良は左右に首を振った。
　昨日までと変わりないのかもしれない。
「昼休みには教室に戻ってくるはずだけど、そっとしておいたほうがいいかもしれないよ」
「そうなんだ……」
　沙良の言葉に、あたしは頷いたのだった。

リナが戻ってきたら、昨日の言葉の意味を聞こう。
　そう思っていたのに、リナは昼休みになっても教室には戻ってこなかった。
　B組の生徒に聞いてみると、リナはそのまま家に戻ってしまったと言っていた。
「お弁当を置いたまま帰るなんて……」
　あたしはリナの机にかけられたままの巾着を見てそう呟いた。
　沙良も心配そうな顔をしている。
「そんなに気になるなら、家まで行ってみればいいだろ」
　そう言ったのは寛太だった。
　片手にマンガを持ちながらも、あたしたちの会話に耳を傾けていたようだ。
「でも……」
　いきなり押しかけていいものか、悩んでしまう。
「どっちにしても、リナの弁当は誰かが家まで持っていかなきゃいけないだろ？　腐っても困るし」
　寛太の言葉に「あっ」と声を出していた。
　そうだ、リナの弁当箱を口実に家まで行けば、リナと話せるかもしれない。
　あたしは沙良と視線を合わせた。
「どうする？」
　そう聞くと、沙良は「イズミが行くなら、あたしも行くよ」と、言ってくれたのだった。

放課後

　沙良と2人で教室を出たあたしだったが、途中で担任の先生に呼び止められてしまった。
「これから板野の家に行くんだろ？」
　先生の質問にあたしは「はい」と、返事をする。
「それならプリントも一緒に持っていってくれないか」
　そういえば今日は数学の課題が出ていたっけ。
「わかりました。沙良、先に行ってて。あたしもすぐに追いつくから」
「そう？　それなら、ゆっくり歩いてるね」
　沙良がそう言い1人で歩いていく中、あたしは職員室へと向かった。
　職員室の中はいつもよりも重苦しい雰囲気だ。
　幸穂のことやリナのことなど、今は問題が山積みなのかもしれない。
「西原先生、例の動画についてご存知ですか？」
　職員室の入り口付近で待っていると、そんな会話が聞こえてきた。
「動画ですか？」
「ええ。隣街の高校で流行っているらしいんですが……」
　そこから、途端に声量が小さくなり聞こえなくなってしまった。
　隣街で流行っている動画ってなんだろう？

少しだけ、興味が頭をもたげていた。
「大室(おおむろ)、これがプリントだ」
「あ、はい」
「頼んだぞ。できれば、様子も見てきてほしい」
「そのつもりです」
　あたしはそう答えて、職員室を出たのだった。

　１人で校舎を出てリナの家へと急ぐ。
　リナの家は、学校から歩いて10分ほどのアパートの１階だった。
　角部屋で、日当たりがとてもいい。
　両親は共働きらしいから、今の時間はリナ１人しかいないはず。
　沙良はもう到着している頃だろう。
　そう思いながら歩いていた時、大きな声が聞こえてきてあたしは立ち止まった。
　その声は男のもので、リナのアパートの隣から聞こえてきている。
　ちょうど、空き地がある場所からだ。
　あたしはいったんリナの家の玄関を通りすぎて、空き地へ顔を覗かせた。
　そこにいたのは、同じ高校に通う１年生の男子生徒数人だった。
　ネクタイの色が１年生は赤、２年生は緑、３年生は青と決まっているので、すぐにわかった。

２人が１人の男子生徒を羽交い絞めにし、もう１人がその子のスマホを奪い取っているのを見てしまった。
　イジメだ。
　とっさにそう思うが、すぐに動くことはできなかった。
　生徒を羽交い絞めにしている２人も、そしてスマホを奪った１人も、切羽詰まった表情を浮かべているのだ。
「やめてくれ！　俺は登録してないんだ！　無関係なんだよ！」
　羽交い絞めにされながらも、必死で抵抗している。
　それでも、２対１じゃビクともしない。
「うるせぇな！　お前１人だけ生き延びるなんて、そんなの許さねぇぞ！」
「お前のスマホにも、あの動画を送ってやる！」
「なんで……そんなこと……」
　男子生徒は声を震わせ、力を失ったようにその場に座り込んでしまった。
　これ以上はまずい。
　あたしはそう思い、勢いよく歩き出した。
「ちょっとあんたたち、何してるの！」
　大股で歩きながらそう声をかけた。
　あたしが２年生だということは、リボンの色を見ればわかる。
　１年生たちは一瞬たじろいた表情を見せたが、すぐに睨み返してきた。
「イジメでしょ!?」

何も言わない１年生たちへ向けてあたしはそう言った。
　すると、スマホを持っている１人が舌打ちをし、
「イジメなんて生ぬるいもんじゃないですよ、先輩」
　そう言うと、学生ズボンのポケットから自分のものと思われるスマホを取り出し、あたしに見せてきたのだ。
　スマホ画面には砂嵐の動画が再生されていて、その中に黒い人影が見えた。
【残り０日】
　そんな文字が浮かんで、動画はプツリと消えた。
「何これ」
　あたしは眉を寄せてそう聞いた。
「呪(のろ)いの動画ですよ。俺たち３人に送られてきて、こいつにだけ送られてきてないんです」
「それって迷惑メールかなんか？　それなら拒否すればいいのに」
　あたしがそう言った時、座り込んでいた男子生徒が不意に顔を上げ、笑い声を上げはじめたのだ。
　さっきまでイジメられていたとは思えない生徒の笑い声に驚き、あたしはあとずさりをしてしまった。
「もう登録された。俺も、もう終わりだ！」
　お腹をかかえ本当におかしそうに笑う男子生徒。
「先輩も、もうじきわかりますよ」
　スマホを出していた男子生徒はそう言い、空き地から出ていってしまったのだった。

いったいなんだったんだろう？
　ただのイジメじゃなさそうだった。
　そう思いながら、あたしは玄関のチャイムを鳴らし、外からリナを呼んだ。
　しばらく待つと足音が聞こえてきて、リナがドアを開けてくれた。
「リナ、大丈夫？」
　まだ制服姿のままのリナを見て、不安を感じながらもそう聞いた。
「……入って」
　リナはあたしの質問に答えることなく、あたしを部屋に上げてくれたのだった。
　リナの部屋には一度は入ったことがあったけれど、とてもキレイで女の子らしい部屋だった。
　それが今は……白い家具は汚れ、服は床に散乱している状態なのだ。
　あまりの違いにあたしは一瞬たじろいでしまった。
　しかしリナは気にしているふうもなく、自分の服を踏みつけながら部屋へと入っていく。
　あたしも仕方なくそのあとに続いた。
　以前はアロマのいい香りがしていたのに、今は汗のような少しすっぱい臭いが漂っている。
　ここがリナの部屋なんて、信じられなかった。
　リナ自身からも数日間お風呂に入っていないような、妙な臭いがしている。

先に来ていた沙良がリナのベッドに座っていたので、あたしはその隣に腰を下ろした。
　リナは汚れた衣類の上にそのまま座っている。
「リナ……」
　名前を呼んでみても、その先が続かなかった。
　何があったの？
　どうしたの？
　いろいろ聞きたいのに、今のリナを見ているととても質問できなかった。
「リナ。何かに怯えてるの？」
　あたしの代わりにそう言ったのは沙良だった。
　沙良の言葉にリナがゆっくりと顔を上げる。
「あたしのタイムリミットは、あと２日」
　リナがゆっくりとした口調でそう言った。
「タイムリミットって、なんのこと？」
　沙良が質問をする。
　するとリナは表情を歪め、頭をかきむしりはじめたのだ。
　相当力が込められているようで、髪の毛がパラパラと落下していく。
「リナ、いったいどうしたの」
　相当苦しんでいるように見えるけれど、その原因がわからなければあたしたちには何もできない。
「タイムリミットがあるんだよ。毎日毎日送られてくるの！」
　リナは頭をかきむしりながらそう言った。

「送られてくるって、何が？」
　沙良が不安そうな顔になってそう聞いた。
「幸穂にも送られてきてた！」
　わけのわからないことを叫ぶリナの指先には、血がつきはじめている。
　教室で見た血まみれのリナの顔を思い出し、とっさに手を伸ばしていた。
「リナ、やめて！」
　慌てて止めに入ると、突き飛ばされて尻もちをついてしまった。
「痛っ……」
　小さく呟くと、リナがハッとしたようにあたしを見た。
「ごめんイズミ……ごめんなさい……」
　頭をかきむしるのをやめて、泣き出してしまいそうな顔になっている。
「大丈夫だよリナ。それよりもリナに何があったのか知りたい」
　あたしは体勢を立て直してそう言った。
「そうだよ。あたしもイズミもリナのことが心配なだけだよ」
　沙良が言うと、リナは小さく頷いた。
　それでも説明することをためらっているようで、しばらくの間うつむいて何も言わなかった。
「あたしの言うこと、信じてくれる？」
　十分に時間を置き、気持ちを落ちつかせた状態でリナが

そう言った。
　その様子にホッと安堵(あんど)する。
　ようやく話をしてくれる気になったようだ。
「もちろんだよリナ。あたしたちはリナのことを信じる。だから、話して？」
　リナの手を握りしめてそう言うと、リナは目に涙を浮かべてほほ笑んだ。
「ありがとう……」
　震える声でそう言うと、学校のカバンからスマホを取り出し、それをテーブルの上に置いた。
「これ、見て」
　そう言い、画面上に呟きサイトを表示させるリナ。
「３日前に妙な動画が拡散されてきたの」
「動画？」
　ベッドに座っていた沙良がテーブルに近づいてきた。
　リナがその動画を再生する。
　それは今日、学校で見たのと同じ砂嵐の動画だった。
　だけど少し違うのは、見ているうちに砂嵐の中に人影が見えはじめたことだった。
　その人物の顔も体格もぼやけていてよくわからない。
　じっと見ていると【残り２日】という文字が出てきて、次の瞬間、動画はプツリと途切れていた。
　さっき空き地で見た動画にもよく似ている。
「何これ？」
　あたしは首をかしげてリナに聞いた。

「これと同じ動画が、あたしより前に幸穂にも届いたの」
「幸穂にも？」
　沙良が聞く。
「そう。最初はなんのことだかわからなかった。砂嵐で、何も映ってなかった。それなのに……翌日に動画を確認してみると、人影と、【残り4日】っていう文字が浮かんできてたの」
　リナの言葉に一瞬背筋が寒くなった。
【残り4日】
　それが何を意味しているのか、嫌な予感が胸をよぎった。
「残り4日って、どういう意味だったの？」
　沙良が真剣な表情でそう聞いた。
「……死ぬタイムリミットのことだよ」
　リナが無表情のままそう言って、頬に涙が伝って流れていった。
「ちょっと、それ笑えないんだけど」
　沙良がそう言って笑おうとするものの、顔が引きつっていてちゃんと笑えていない。
　冗談だと思いたいのに、そう思い込むことができずにいるのだ。
　あたしも、もうわかっていた。
　一昨日からのリナの様子を見ていると、きっとリナの言っていることは嘘じゃない。
　現実世界で、本当に起こっている出来事なのだ。
「なんで……そんなふうに思ったの？」

あたしはどうにか声を絞り出してそう聞いた。
「これ、よく見て」
　そう言い、リナはあたしにスマホを差し出した。
　画面上ではさっきの動画が繰り返し再生されている。
　何も変わらない砂嵐の動画。
　そして途中から出てくる人影。
　ジッと見ていると、そのぼやけた人影は輪郭がハッキリとしてくる。
　人影はどこかに座っているようで、あまり動かない。
　けれど次の瞬間、その体が何かによって吹き飛ばされたのだ。
　本当に一瞬の出来事だった。
　体が吹き飛ばされたように見えた次の瞬間には【残り2日】という文字が浮かんできて、動画は終わった。
「何これ……」
「この人影があたしなの」
　リナが震える声でそう言った。
「冗談でしょ？」
　思わずそう聞いた。
「あたしは幸穂の動画も見てるの。人影がどこかに転落する動画だった」
　あたしと沙良は目を見交わした。
　それって……、まるで死ぬことを予言しているようじゃないか。
　そう思ったらゾクッと背筋が寒くなる。

「あたしはきっと、この動画のとおりに死ぬ」
「リナ！　そんなこと言わないで！」
　沙良がそう言ってリナの体を抱きしめた。
　とてもすべてを信じることはできない話だけれど、一昨日からリナの様子がおかしい原因は理解できた。
　ずっとこの動画のことで悩んでいたのだろう。
「あのさ、この動画って元はただの砂嵐だった？」
　そう聞くと、リナは小さく頷いた。
　沙良に抱きしめられたことで、少し安心できている様子だ。
「そうだよ。拡散されてきた当日は何もなかった。それが日に日に変化していってるの」
「この動画ってさ……今日、沙良のところに来た動画じゃないよね？」
　恐る恐るそう聞くと、沙良が軽くうつむいた。
「嘘。沙良のところにも来たの!?」
　リナが悲鳴を上げるようにそう聞いた。
「うん……。たぶん、同じ動画だと思う」
　沙良はそう答えて、スマホをリナに見せた。
　リナの顔は見る見るうちに青ざめていく。
「そんな……沙良のところまで来るなんて……」
「拡散数も、ずいぶん増えてるよね。この動画を見た人が必ず死ぬとしたら、何千人っていう人数になるよ」
　沙良がそう言い、スマホを握りしめた。
「沙良、この動画は誰かに拡散した？」

不意にリナがそう聞いた。
「ううん。してないよ」
「そっか……それなら大丈夫かもしれない。あたしと幸穂はこの動画を拡散したの。それが原因かもしれないって、ずっと思ってたから……」
「拡散することが原因で死ぬってこと？」
　あたしは驚いて聞いていた。
「わからないけど。でも、【拡散希望】って書いてあるよね。それって、じつはそのとおりにしちゃダメだったんじゃないかなって思って……」
　たしかに、動画に添えられた文章は【拡散希望】という文字だけだった。
「拡散したら死ぬ……」
　そんなこと、ありえない。
　考えすぎだ。
　そう思っても、それを口に出すことはできなかったのだった。

2章

1年生の子

　リナの家を出たあたしは、沙良と2人で空き地の様子を確認した。
　さすがに、あの後輩たちは戻ってきていない。
「どうしたのイズミ？」
「あのね、リナの家に行く前に、ここで後輩たちが何かトラブってたの」
「トラブってたって？」
　沙良が首をかしげて聞いてくる。
「わからない。でもイジメみたいに見えたから……あたし、注意しに行ったの。そしたらね……リナと同じような動画を見せられた」
「え……？」
　あたしの言葉に沙良は驚いて目を丸くしている。
「その子の動画、【残り0日】になってた」
「嘘でしょ……」
　沙良の声が震えた。
　あたしだって嘘だと思いたい。
　けれど、あの動画はたしかに、この目で見たんだ。
「あれがリナの言っている死のカウントダウンだとすれば、あの子は今日……」
　そこまで言って口を閉じた。
　すべてを話すことはできなかった。

「ねぇ、今からその生徒を探しに行かない？」
　思いついたように沙良がそう言った。
「今から？」
　太陽は沈みはじめているし、相手が１年生だということしかわからない。
　そんな状態で探せるとは思えなかった。
「リナもその子も大変なんだよね？　助けてあげなきゃ」
　それなら沙良だって同じ動画が送られてきた当事者だ。
　それなのに、沙良は自分のことなんてそっちのけだった。
　あたしは苦笑いを浮かべて「わかった。それならいったん学校へ戻って先生の力を借りよう」と言い、歩き出したのだった。

　あたしと沙良が学校へ戻った時、校内に残っている生徒はほとんどいなかった。
　部活組は、部室棟にいるかグラウンドや体育館にいるようだ。
「まずは職員室だね。１年生の担任が残ってればいいけど」
　あたしはそう言いながら階段を上がった。
　静かな校内に自分たちの足音だけが聞こえる。
　薄暗くなってきた校内は、それだけで十分不気味に感じられた。
　職員室をノックしてドアを開ける。
　残っていた数人の先生が顔を上げ、こちらを振り向いた。
「あの、２年生の大室ですが、１年生の担任の先生は残っ

てますか?」
　おずおずとそう質問すると、1人の女性の先生が席を立って近づいてきた。
　西原先生だ。
　あたしも1年生の頃、数学を教わっていた。
「どうしたの?　何かあった?」
　そう聞かれて、あたしと沙良は目を見交わした。
「ちょっと話があるんです。移動できますか?」
　イジメの現場を見たなんて、他の先生たちには聞かれないほうがいいかもしれないと思い、あたしはそう言った。
「いいわよ。相談室へ移動しましょう」
　そう言われ、あたしたちは1階の相談室へと移動したのだった。

　相談室の中央には大きなテーブルがあり、それを囲むようにしてソファが置かれている。
　どこか校長室を思わせる雰囲気があって、思わず緊張してしまう。
「どこでもいいから、座って」
　西原先生にそう言われて、あたしと沙良は2人がけソファに座った。
　フワフワとしたクッションが落ちつかない。
　西原先生は、あたしたちの前のソファに座った。
「で、私になんの用事?」
「あの、じつはあたし、空き地で1年生の男子生徒たちが

イジメをしているのを見てしまったんです」
「イジメ？」
　西原先生の表情が険しくなる。
　あたしは背筋を伸ばして、自分の目で見たことを説明しはじめた。
　本当にイジメなのかどうかわからないし、生徒の名前もわからない。
　だけど、西原先生は真剣な表情で、あたしの話に耳をかたむけてくれた。

「教えてくれてありがとう。先生も注意して男子生徒たちを見ておくから」
「あと、それだけじゃないんです」
　そう言ったのは沙良だった。
　スマホを取り出し、テーブルの上に置く。
「何？」
「これを見てください」
　そう言い、沙良は砂嵐の動画を再生した。
　あたしもそれを確認したけれど、【残り何日】といった文字は出てこない。
「この動画が今拡散されてるみたいで、怖いって噂になってるんです」
　そんな沙良の説明を聞くより先に、先生の顔が青ざめていた。
　あたしはその変化を見逃さなかった。

今日の帰り際に職員室で聞いた話を思い出す。
　あれは何かの動画についての話だった。
　それってもしかして、この動画のこと……？
「西原先生、この動画に見覚えがあるんですか？」
　沙良がそう聞くと、西原先生は無理やり笑顔を浮かべた。
「し、知らないわ。大丈夫よ、そんなの無視しておけばいいから」
　西原先生の声が震えている。
　大丈夫じゃないことは、一目瞭然だった。
「先生、誤魔化さないでください！」
　あたしはつい大きな声を出していた。
「あたしが見た男子生徒たちにも同じ動画が送られてきているみたいだったんです。その中の１人は動画の中に【残り０日】って書かれていました。それって、死へのカウントダウンなんですか!?」
　テーブルに両手をつき、身を乗り出してそう聞いた。
「【残り０日】って、それ本当なの!?」
　西原先生は目を見開き、あたしに聞いてきた。
「たしかに０日になってました」
　そう答えると、西原先生は突然立ち上がり、あたしの手を掴み大股で歩き出した。
　沙良が慌ててそのあとを追いかけてくる。
「西原先生どうしたんですか!?」
「このままじゃ間に合わなくなる。生徒の写真を見せるからどの子か教えてほしい」

歩きながら西原先生はそう言った。
切羽詰まっている様子がこっちにまで伝わってくる。
職員室へ戻り、写真つきのクラス名簿を持って戻ってきた西原先生。
彼らの顔は覚えているけれど、5クラスもある中から探し出すのは時間が必要だった。
「早く、早くしないと時間がない！」
クラス名簿を確認するあたしへ向けて言う。
「ちょ、ちょっと待ってください」
急かされると余計にわからなくなってきてしまう。
この子だった気もするし、この子に似ていた気もしてきてしまう。
「西原先生、どうしてそんなに焦ってるんですか？」
あたしの横に立っていた沙良がそう聞いた。
「だって、残り０日なんでしょう!?」
西原先生がヒステリックな声でそう答えた。
瞬間、あたしは顔を上げてマジマジと西原先生の顔を見つめていた。
「それって……もしかして死へのカウントダウンが本当だってことですか？」
でなければ、先生がこんなに焦ることなんてないはずだ。
西原先生は何も答えない。
けれど、その表情を見ればわかってしまう。
「幸穂に送られてきた動画はどうなんですか？」
沙良がそう聞いていた。

「幸穂って、山田さん？　山田さんもあの動画を？」
　その言葉に、あたしと沙良は同時に頷いた。
「そんな……もうそこまで広まっていたなんて……」
　西原先生が絶望的な声でそう言った。
　その時だった。
　外が騒がしくなり、あたしたちは窓際へと移動した。
　部活に参加していた、たくさんの生徒たちが集まっているのが見える。
「どうしたんだろう」
　ここからじゃ様子はよくわからない。
　けれど、女子生徒の悲鳴や「救急車！」という大声が飛び交っているのが聞こえてくる。
　ただごとじゃなさそうだ。
　あたしたち３人は、すぐ相談室を出て外へと向かった。

　上履きのまま走っていくと、そこにはさっきよりもたくさんの人だかりができている。
「どうしたの!?　いったい何があったの!?」
　西原先生がそう声をかけながら、人垣をかき分けて進んでいる。
　あたしと沙良も、そのあとに続いた。
「生徒が屋上から飛び降りたんです！」
　誰かが叫ぶようにそう言った。
　徐々に視界が開け、男子生徒が横たわっているのがわかった。

男子生徒は右手にスマホを握りしめ、頭から血を流している。見開かれた目はジッと空を睨みつけているようにも見える。
　その生徒は見間違いようもなく、あの動画を見せてきた男子生徒だったのだ……。

図書室

　人が飛び降りるという現場を見てしまったあたしと沙良は、図書室へ移動してきていた。
　外はまだ物々しい雰囲気が漂っていて、警察の人が校内を出入りしている。
「自殺かもしれないね」
　沙良が小さな声でそう言った。
「うん……」
　あたしはそう返事をしたけれど、スマホ画面に出ていた【残り０日】という文字が頭から離れずにいた。
「ねぇ沙良、少し調べてみない？」
「調べる？」
「うん。パソコンもあるしさ、あの動画について調べてみようよ」
　そう言うと沙良は一瞬、顔をしかめた。
「やっぱり、あの動画のせいなのかな？」
　沙良はそう言い、自分のスマホへ視線を落とした。
「わ、わからないから調べるんだよ」
　あたしは慌ててそう言った。
　幸穂の死も男子生徒の死も動画のせいだとすれば、リナや沙良の命まで危ないということになってしまう。
「そうだね、調べてみようか」
　あまり乗り気ではなさそうだったけれど、沙良はそう

言って頷いたのだった。

　検索しながら、教室内で呟きサイトを退会するように叫んでいたリナを思い出し、重たい気分になる。
　あんなに必死で何かを訴えかけるリナの姿なんて、今まで見たことがなかった。
「警察の人、まだいるみたいだね」
　窓の外を見て沙良がそう言った。
　パトカーの明かりが、図書室まで入り込んできている。
「そうだね。あたしたちも何か聞かれるのかな」
「聞かれても、答えられることなんて何もないよ」
　知っているのは、あの動画が送られてきていたことくらいだ。
　だけど、警察が呪いの動画なんて信用するとは思えない。
「今【拡散動画】で検索してみたけど、結構出てくるよ」
　ヒット数を見ると目眩を起こしそうになる。
　今まで拡散されて人気になった動画は、自分たちが知っているよりもはるかに多いようだ。
「本当だ。この中に、あの砂嵐の動画があるのかな」
　沙良がパソコン画面を覗き込んでそう言った。
「わからないけど、調べてみるしかないよね」
　あたしはそう言い、画面を見つめた。
　呟きサイトでの拡散方法は2種類ある。
　1つは特定の誰かへ宛てた拡散。
　もう1つは不特定多数の人へ向けた拡散だ。

普段使われるのは、前者のほう。
　特定の相手にのみ拡散されるやり方だった。
　友達同士の繋がりだと、断然前者のほうが多くなる。
　その中でも、一際人気の出た動画が集められているサイトがあった。
　その動画数は千件を超えている。
「このサイトを確認するだけでもずいぶん時間がかかりそうだね」
　沙良が不安そうな声でそう言ってきた。
「そうだね……」
　これを１つ１つ確認していくことは不可能だ。
　あたしは人気動画ランキングを無視して、ジャンル別になっているリンクをクリックした。
　【恐怖動画】と書かれたリンクをさらにクリックしてみると、無数のホラー要素のある動画が現れた。
　それだけで鳥肌が立つ。
「悪趣味」
　思わず、そう呟いた。
　だけど、やめるわけにはいかない。上から順番に、動画につけられたタイトルを確認していく。
　あの砂嵐動画に近いものだけ確認していけばいいのだ。
「このサイトの動画って、全部本物なのかな」
　沙良が隣からそう聞いてきた。
「偽物だって絶対にあるでしょ。これなんて、幽霊が映ってるもん」

そう言って、あたしは1つの動画を再生してみせた。
　暗い部屋の中に白い影が動いている動画だけれど、途中から壁や床から人の手が無数に出てくる。
　見ていてもまったく怖くなくて、すぐに作り物だとわかった。
「それなら、あの砂嵐動画の偽物もあるかもね」
　沙良が希望に満ちた声でそう言った。
「そっか。沙良に送られてきた動画が本物かどうかわからないもんね」
　もし、誰かがあの動画を真似て拡散したものなら、沙良は安全ということだ。
　リナだって、なんでもない動画に踊らされているだけかもしれない。
　幸穂とあの男子生徒は運が悪く、本物に当たっただけ。
　期待が胸に広がっていく。
　動画を確認する作業は30分くらいかかり、すべてを見終わる頃には外はすっかり暗くなっていた。
　けれど、リナや沙良に送られてきた動画と同じものは見つけることができなかった。
「もう少し、調べてみようかな」
「でも、そろそろ図書室も閉まるよ」
　沙良にそう言われカウンターを見ると、図書室の先生がカギを持って待機しているのがわかった。
　あたしたちが帰るのを待っていたようだ。
　これ以上、ここにいることはできなさそうだ。

あたしは小さく息を吐き、パソコンをシャットダウンしたのだった。

沙良と2人で外へ出ると、残っていた生徒たちの姿はほとんどなかった。

無意識に、男子生徒が倒れていた場所に視線を向けてしまう。

すでに救急車で運ばれているけれど、コンクリートにはまだ血の跡が残っている。

「あなたたち、ちょっと待って！」

校舎からそんな声が聞こえてきて、あたしと沙良は立ち止まった。

振り返ると、西原先生が走ってくるのが見えた。

「もう少し話を聞かせてくれない？」

「話ですか？」

あたしは瞬きをして西原先生を見た。

話なら、さっき相談室でしたとおりだった。

「ご両親には私から連絡をしておくし、帰りは車で送ってあげるから」

そこまで言われると、断る理由はどこにもなかった。

あたしたちも、このまま帰ってもモヤモヤとした気分のままだっただろう。

あたしと沙良は西原先生と一緒に校内へと戻った。

連れてこられたのは職員室だった。

職員室の中に20人ほどの生徒の姿があり、その中には空

き地で見た男子生徒たちの姿もあった。
「彼らにも動画が送られてきているの」
　西原先生の言葉に、あたしは息をのんだ。
　みんな、この学校の1年生だ。
　中には泣いている女子生徒もいる。
「どういうことですか？」
　まだ事態を理解していない1年生もいて、怪訝そうな声でそう言った。
「落ちついて聞いてね。あなたたちに送られてきている動画は、とても危険かもしれない」
　西原先生が生徒たちの顔を見ながらそう言った。
　生徒たちは黙って先生の言葉に耳を傾けている。
「脅かすつもりはないの。でも万が一のことを考えて——」
「先生、ハッキリ言ってください」
　怪訝そうな顔をしていた女子生徒が、西原先生の言葉を遮ってそう言った。
「それは……」
　説明しかけて、口を閉じる西原先生。
　その動画が送られてきたら死ぬ。
　そんな説明、できるはずがなかった。
「……死ぬんだよ」
　何も言えない西原先生に代わり、泣いていた女子生徒がそう言った。
「はぁ？　なに言ってんの美里」
「ごめんね舞花。あたし何も知らなくて……だから、拡散

しちゃったの」
　涙声でそう言う美里ちゃん。
　2人は友達同士だったようだ。
「本当のことだ」
　そう言ったのは、空き地で見た男子生徒の1人だった。
　ネームには大山と書かれている。
「牧野にも拡散されてて、今日が最後の日だった」
　大山くんはそう言ってうつむいた。
「牧野って、さっき屋上から飛び降りた子？」
　沙良がそう聞くと、大山くんは頷いた。
「最後の日って何？　意味がわかんないんだけど」
　舞花ちゃんがイライラとした口調になっている。
　1人だけ事態を把握していないのだから、焦っているのかもしれない。
「舞花に送った動画、毎日見てる？」
　涙をぬぐい、美里ちゃんがそう言った。
「え？　見てないよ。だってただの砂嵐だったじゃん」
「確認してみて」
　美里ちゃんがとても小さな声でそう言い、舞花ちゃんがスマホを取り出す。
　みんな自然と無言になっていた。
　舞花ちゃんのスマホに何が映し出されているのか、もうみんなわかっていたからだ。
「何これ、動画が変わってるんだけど」
「砂嵐の中に人影が見えるだろ？　それがお前だ」

大山くんがそう言った。
「は？　なに言ってんの？」
「見せてみろよ」
　そう言い、舞花ちゃんからスマホを奪い取る大山くん。
「この黒い影の動きをよく見ろ。上からぶら下がって見えるだろ。つまりお前は……こういう死に方をするってことなんだ」
　大山くんの言葉に、美里ちゃんがまた嗚咽を漏らした。
「意味がわかんないんだけど」
「【残り２日】。お前は２日後に死ぬ」
　大山くんの言葉に周囲の空気が張り詰めた。
「何……言ってんの!?　はぁ？　意味わかんないんだってば！」
　舞花ちゃんは怒鳴るようにそう言うと、大山くんから自分のスマホを奪い返した。
　自分で動画を再確認している。
「お前はたぶん、首を吊って死ぬんだと思う」
「あたしは死なない。死ぬ必要なんてないから」
　舞花ちゃんが強い口調で言い返す。
　けれど、誰も何も言わなかった。
　大山くんの言っていることが正しいからだ。
　生きたいとか、死にたくないとか、そんな感情は関係ないんだ。
「泣いてばかりいないで、なんとか言いなよ美里！」
「ごめんなさい！　知らなかったの！　こんな危険な動画

だなんて、何も知らなかった！」

　叫ぶように言い、その場に泣き崩れる美里ちゃん。
「お前のところにはどんな動画が送られてきたんだよ」
　大山くんが美里ちゃんへ向けてそう聞いた。
　美里ちゃんはうずくまったまま、スカートからスマホを取り出した。
　大山くんがスマホを確認している。
　あたしは一歩前へ出て、その画面を見つめた。
　砂嵐。
　その中の人影。
　それは歩いてるように見える。
　しかし次の瞬間、何かに撥ね飛ばされて画面上から消えてしまった。
　そして現れたのは……【残り０日】の、文字だった。
　飛び降りた牧野くんと同じだ。
「お前……今日じゃん」
　大山くんが引きつった表情で言った。
「動画の噂を聞いても冗談だと思った。本当に死ぬなんてありえないって思った！　でも！　同じように動画が送られてきてた牧野くんが死んで、本物だってわかったの！」
「……冗談だよね？」
　舞花ちゃんが西原先生へ向けてそう聞いた。
「冗談だよね先生？　牧野くんだって、病院で助かってるよね？」
　舞花ちゃんの表情は真剣だ。

けれど、西原先生は無言のまま左右に首を振っただけだった。
　あの動画が偽物だとは言えないのだ。
「あたしは今日死ぬの。あたしは今日死ぬ……！」
　美里ちゃんが、まるで呪文のように繰り返す。
「ねぇ西原先生！　あたし質問してるんだけど!?」
　舞花ちゃんが叫ぶ。
　混乱が感染するように職員室の中の空気が乱れていく。
　あたしは沙良の手を強く握りしめた。
「あぁ、もう！　やめてくれよ!!　拡散希望って書いてあるんだから、拡散すりゃ助かるんじゃねぇのかよ!?」
　それまで黙っていた男子生徒がそう叫んだ。
「ダメ！　それだけは、絶対にダメ！」
　西原先生が男子生徒を止める。
「じゃあ、どうしろっつーんだよ！　黙って死ぬの待ってろって言うのかよ!?」
「待ってよ、拡散したら死なないなら美里は死なないじゃん。あたしに拡散したんだから！」
　舞花ちゃんが美里ちゃんを見おろしてそう言った。
「拡散したけどカウントダウンは止まってない！　止まってないんだよ!!」
「知らねぇよそんなの！　勝手に人に拡散しやがって！　自分だけ助かるつもりだったんだろ！」
　美里ちゃんの言葉に耳をかたむけることもなく、声を荒げ、美里ちゃんの前髪を掴む舞花ちゃん。

「あたしだって何も知らなかった！　【拡散希望】って書いてあったから……!!」
「うるせぇよ！　言い訳ばっかりしやがって！」
　涙と恐怖でグチャグチャになった美里ちゃんの頬を、舞花ちゃんが殴りつけた。
　それを止めに入る生徒はどこにもいない。
　みんな自分に送られてきた動画のことで頭がいっぱいになっている。
「とにかく動画を拡散してみようよ。それで解決するならいいじゃん」
　誰かがそう言った。
　途端に全員がスマホを取り出す。
「やめて！　みんなやめて！」
　西原先生の悲痛な声は誰にも届くことなく、消えていったのだった。

最悪の事態

　数時間後、あたしと沙良は西原先生の車の中にいた。
　美里ちゃんも含め、生徒は西原先生が何回かに分けて車で送っていったあとなので、かなり遅い時間になっていた。
「ごめんね。まさかあんなことになるとは思わなくて……」
　西原先生は疲れきった声でそう言った。
「いいえ。先生は拡散を止めたかったんですよね？」
　後部座席からあたしはそう声をかけた。
「ええ。みんなに拡散しないように言うつもりだったの。そうすれば事態は収まると思った」
　それが、事態は最悪の方向へと向かってしまったのだ。
　職員室にいた生徒全員が動画を拡散したら、動画は数十人から数百人にまき散らされたことになる。
「……飛び降りた牧野くんの様子はどうなんですか？」
　ちょうど赤信号で車が停止した時、沙良がそう聞いた。
「そういえば、付き添いで病院へ行っている緒方先生から連絡が来てたわ」
　西原先生はそう言い、助手席に置いてあるハンドバッグからスマホを取り出した。
　画面を確認し、一瞬息をのむ音が聞こえてきた。
　呆然としている様子で、スマホから手を離そうとしない。
　そうこうしている間に信号機が青に変わった。
「西原先生、信号変わりましたよ？」

沙良がそう声をかけるが、西原先生に聞こえている様子はない。
「西原先生!?」
　もう一度大きな声で呼ぶと、ようやく顔を上げた。
　バックミラーに映った西原先生の顔は青ざめている。
　その様子に、あたしと沙良は顔を見合わせた。
　もしかして、牧野くんは死んだんじゃ……?
　そんな思いが首をもたげてくる。
「西原先生、メールの内容はなんだったんですか?」
　黙ったままじゃ気になって仕方がない。
　あたしは恐る恐る質問した。
「あなたたちは知らなくていい」
　西原先生の冷たい声が飛んできた。
「でも、牧野くんもあの動画が送られてきたんですよね?」
　沙良が食い下がるけど……。
「拡散はしちゃダメ。これ以上、あの動画を広げたらダメ」
　ジッと前方を見つめたまま、そう言った西原先生。
　その呼吸が浅くなってきていることに気がついた。
　緊張している証拠だ。
「あたしは拡散しません。だから、牧野くんに何があったのか教えてください!」
　沙良がそう言うと、西原先生は大きく息を吸い込んだ。
「……助からなかった」
　とても小さな声でそう言ったのに、あたしにはハッキリとその言葉が聞こえてきていた。

牧野くんは助からなかった。
病院で亡くなったのだ。
あたしは唖然としたまま、返事ができなかった。
幸穂に続いて牧野くんまでも。
ただの偶然か、それとも……。
「浮田さんには動画が来てるのよね？」
　沙良の家の前まで到着した時、西原先生がそう言った。
「はい」
「明日、その動画をもう一度見せてね」
「わかりました。あの、職員室にいた美里ちゃんも今日でしたよね？」
　そう質問する沙良に西原先生は頷いた。
「でもきっと大丈夫だから。今日はいろいろあって疲れてるでしょ？　余計なことは気にせず、しっかり休みなさい」
　西原先生にそう言われ、沙良は仕方なくそのまま家へと向かっていったのだった。

　沙良が降りた車内はとても静かだった。
　ラジオの音が聞こえてくるけれど、頭には入ってこない。
　流れていく夜景に、ため息が出た。
　明日、目が覚めて全部が夢だったらいいのにと思ってしまう。
「大室さん、あなたのところには拡散されてきてないのよね？」
　あたしの家が見えはじめた時、西原先生が聞いてきた。

「はい。まだです」
「それならすぐにサイトを退会しなさい」
「退会すれば、あの動画を見なくて済みますか？」
「わからないけど……でも、今できることなんて、そのくらいしかないのよ」

　西原先生にも何が起こっているのかわからないのだ。
　とにかく動画を拡散しないこと。
　そう考えているようだ。
　やがて車は玄関先で停車した。
「ありがとうございます」
　あたしは西原先生へお礼を言い、車を降りたのだった。

　家に戻っても食欲なんてなかった。
　両親には適当に誤魔化して、自室へと向かう。
　着替えてベッドに身を投げ出すと、ようやくホッと息を吐き出すことができた。
　今日１日でいろいろなことがありすぎた。
　頭の中は混乱したままで、とても眠ることなんてできそうにない。
　あたしはカバンからスマホを取り出して、呟きサイトを開いた。
　あたしに拡散されてきているのは、かわいい動物の動画がほとんどだ。
　あの砂嵐の動画は見当たらなくて、ひとまず安心する。
　それから、寛太から届いていたメッセージを確認した。

【リナの様子はどうだった？】
　そんなメッセージが数時間前に送られてきている。
【すごく混乱してた。ねぇ寛太は大丈夫？】
　そう返信すると、すぐに既読がついた。
【俺？　俺は大丈夫だけど、なんで？】
　そう聞かれて、あたしは迷ってしまった。
　寛太に学校で起こった出来事を話すべきかどうか。
　でも、あたしの話を信じてくれるだろうか？
　動画が人を殺すなんて非現実的なこと、信じてもらえるわけがない。
　頭がおかしくなったと笑われそうだ。
　そう考えて、ようやくリナの気持ちがわかった気がした。
　幸穂もきっと同じ気持ちのまま、カウントダウンが過ぎていくのを見ていたのだろう。
【なんでもない】
　あたしはそう返事をすると、部屋の明かりを消したのだった。

　何事もなく、次の朝が来た。
　今日は梅雨らしく朝から雨が降っている。
「嫌だなぁ」
　窓の外を見て思わずそう呟いた。
　動画のことも気になるし、天気もよくないし、気分は滅入ってしまう一方だ。
　あたしはノロノロとベッドから起き出して、着替えをは

じめた。

　着替えながらも昨日の職員室の混乱を思い出し、ブルリと震えた。

　それでもどうにか家を出たあたしは、スマホにメッセージが届いていることに気がついた。

　確認してみると、それはリナからだった。

【昨日は話を聞いてくれてありがとう。まだ半信半疑だと思うけど、あのカウントダウンのとおりだとすれば、あたしは明日死ぬ】

　そのメッセージに心臓がドクンッと大きく跳ねた。

　朝からこんなメッセージを読みたくなかった。

　けれど、リナはそれほどまで追い詰められているのだ。

　四六時中動画のことが頭から離れず、次は自分が死ぬのだと怯えているのだ。

　あたしはすぐに返事を書いた。

【大丈夫だよリナ。怖いなら明日は家にいればいいんだよ。外へ出なければきっと大丈夫】

　リナの動画は人影が撥ね飛ばされていた。

　あれはよく考えれば、車に轢(ひ)かれているようにも見える。

　それなら、家から出なければ安全ということになる。

【そっか……そうだよね。家にいれば大丈夫だよね？】

【うん。大丈夫だよ、リナ】

　あたしには、そうやってリナを励ますことしかできなかったのだった。

教室へ到着した瞬間、沙良が駆け寄ってきた。
「イズミ！　先生から聞いた!?」
　突然そう聞かれ、あたしはたじろいでしまった。
「聞いたって、何を？」
「昨日、職員室にいた美里ちゃん、車に轢かれて亡くなったんだって！」
「え……？」
　一瞬にして美里ちゃんの顔を思い出す。
　混乱し、顔を歪ませて泣いていた。
「なんで？　帰りは西原先生が車で送ってくれたじゃん！」
　西原先生は生徒全員を送り届けてくれた。
「そのあとだよ。家に戻ってコンビニに行こうと外へ出たんだって。その時に撥ねられて、そのまま……」
「そんな……美里ちゃんは拡散したのに、どうして!?」
「拡散したけどカウントダウンは止まってないって言ってたよね。拡散してもしなくても同じなんじゃないかな？」
　沙良の言葉にあたしは愕然としてしまった。
　もしそれが本当なら、昨日１年生たちが拡散したのはどうなってしまうんだろう？
　ただ呪いの動画を広げただけで、なんの意味もないかもしれないのだ。
「沙良に回ってきた動画は!?」
　ハッとしてそう聞いた。
「それが……」
　沙良がポケットからスマホを取り出し、画面をあたしへ

向けた。
　砂嵐動画が再生される。
　あたしはゴクリと唾を飲み込んで、それを見つめた。
　昨日と同じ、砂嵐が流れている。
　その中に真っ黒な影が現れた。
　まだ人型にも見えないモヤのような影が動いている。
　そしてそれは途中で消え、【残り４日】という文字がハッキリと浮かび上がってきたのだ。
　それは昨日リナや１年生の子たちのスマホで見たあの文字とまったく同じものだった。
　沙良に送られてきた動画も本物だったんだ！
「死へのカウントダウン」
　沙良が呟くようにそう言った。
「そんなこと言わないで！」
　あたしは沙良のスマホから視線をそらし、そう言った。
　沙良が死ぬまであと４日？
　そんなバカなこと、あるはずない!!
　自分自身にそう言い聞かせるが、心臓はバクバクと跳ねっぱなしだ。
　もしも……。
　万が一、沙良が死んでいった子たちと同じようなことになったら？
　そんな不安と恐怖がどんどん湧いてくる。
　あたしは自分の体を強く抱きしめた。
「よう、どうかしたのか？」

怯えているあたしを見て、寛太が不思議そうな顔をして声をかけてきた。
「ううん……なんでもない」
「本当か？　2人とも顔色が悪いぞ？　昨日のメッセージの意味も気になるし」
「大丈夫だよ、寛太」
　沙良がそう言い、笑ってみせた。
　少し引きつった笑顔だったけれど、沙良の笑顔にあたしまで気持ちが軽くなるようだった。
「こんなのイタズラだと思うけど、でも念のためサイトは退会するね。気持ち悪いから」
「そうだね……。でもその前に、西原先生に見てもらわなきゃ」
「わかってる」

　昼休み、あたしと沙良は相談室に来ていた。
　他の生徒の姿はなく、西原先生が沙良の動画を確認している。
　最後に現れた文字にサッと青ざめる西原先生。
「本当に動画の内容が変化していくのね」
「そうみたいです。先生、あたしサイトを退会します」
　沙良がそう言った。
「え、ええ。そのほうがいいと思うわ」
「退会すればカウントダウンが終わるかもしれないよね。動画自体が見られなくなるんだから」

あたしは沙良を元気づけるようにそう言った。
「うん。イズミも退会するでしょ？」
「もちろん」
あたしはそう言い、沙良と一緒に呟きサイトを退会したのだった。

今日の授業は午前中で終わりだった。
幸穂に牧野くんに美里ちゃん。
一気に３人の生徒たちが死んでいった学校内は騒然とした状態だった。
先生たちも、どうすればいいかわからない様子だ。
そんな中、教室や廊下でときどき砂嵐の動画についての話を耳にしていた。
昨日、あれだけの人数が拡散しているから、動画が回ってきてしまった生徒も少なくない。
このままじゃ次々と犠牲者が出てくるかもしれない。
そんな不安が膨らんでいく。
「これからどうなるんだろうね……」
帰る準備をした沙良がそう呟いたので、
「大丈夫だよ。きっとどうにかなる」
あたしは自分自身にそう言い聞かせて答えた。
「沙良、大丈夫か？」
沙良の様子を気にかけて、博樹がそう声をかけてきた。
「博樹……」
沙良はいつもどおりほほ笑もうとするが、うまくいって

いないようだった。
「何か悩みがあるなら俺に相談してくれよ」
　そう言う博樹も、いつものおちゃらけた調子を封印している。
「ありがとう、まだ大丈夫だから」
　沙良がそう返事をして、教室を出た時だった。
　昨日、職員室の中にいた男子生徒の１人がフラフラと歩いているのが目に入った。
　視線が定まっておらず、時折他の生徒にぶつかりながら歩いている。
「ちょっと、大丈夫？」
　心配になってそう声をかけると、男子生徒は足を止めてあたしを見た。
「先輩……。俺、拡散したんです」
　暗い声で男子生徒はそう言ってきた。
「拡散って、あの動画のこと？」
　その話をするなら場所を変えたほうがいい。
　そう思ったが、次の瞬間、男子生徒が泣きはじめたのだ。
　突然の出来事に、あたしも沙良も何も言えなかった。
「昨日、職員室で西原先生の話を聞く前に……拡散したんですよ！　回ってきても、拡散すれば助かるかもって誰かが言うから……！　でも、美里は予定どおり死んだ。俺のカウントダウンも止まらない！」
　ボロボロと涙を流して懸命に訴えかけてくる男子生徒。
「彼女にも……俺、自分の彼女にも拡散したんです……。

これで助かるなら彼女だって大丈夫だと思って……」
「なんでそんなことを!?」
　思わず声を荒げてそう聞いていた。
　自分の大切な人にまで拡散する必要はなかったはずだ。
「だって！　できるだけ多くの人に拡散したほうがいいのかと思って……！」
「そんな……」
　唖然とするが、この男子生徒もどうすればいいのかわからなかったのだろう。
　怖くて、必死で、冷静に考えることだってできなかったのかもしれない。
「俺のカウントダウン、今日で０なんです」
　男子生徒がそう言い、あたしにスマホ画面を見せてきた。
　たしかに【残り０日】の文字が出ている。
「大丈夫だよ。どこか安全な場所にいれば、きっと大丈夫だから」
「先輩、俺の死に方はどこかで溺死(できし)するんです。この動画のとおりならね……」
　そう言う男子生徒は涙をぬぐい、不気味な笑顔を浮かべて窓辺へと歩いていく。
「気を、たしかに持って！」
　沙良が男子生徒の肩を掴んでそう言った。
　誰かが開けっぱなしにしている窓から、風が吹き込んでくる。
「俺は、この動画のとおりになんて死なない。俺は、俺の

意思で死ぬんだ!」
　男子生徒が叫び声を上げ、沙良の手を振り払うと窓枠に足をかけた。
「やめて!!」
　沙良が叫ぶ。
　しかし次の瞬間、男子生徒の姿は窓の向こうへと消えていったのだった……。

メール

　男子生徒が飛び降りたことで、校内は騒然としていた。
　男子生徒は死亡。
　再び救急車や警察が集まり、先生たちが対応している。
　今回はあたしも沙良も出来事をすべて見ていたから、学校から帰ることができなくなっていた。
　周囲にいた生徒たちはいったん空き教室へ集められ、そこで待機するように言われてしまった。
「どうしてあんなことをしたんだろう」
　同じくあの場所にいた円がそう呟いた。
　ショックを受けながらも、しっかりと事態を把握しようとしているのがわかる。
「自殺、だったよな」
　そう言ったのは博樹だった。
「でも、拡散とかカウントダウンとか言ってたよね」
　隣のクラスの雅美が話に割って入っている。
　あたしはできるだけ会話を聞かないようにした。
　けれど、嫌でも内容が耳に入ってきてしまう。
「それってさ、先生たちが隠してたヤツじゃないか？」
　博樹が言う。
「隠すって？」
「雅美って何も知らないの？」
　円が少しだけ笑った。

「教えてあげるよ。今ね、あたしも単独で調べてるところなんだけど、呟きサイト内で呪いの動画っていうのが出回ってるんだよ」
『呪いの動画』という単語を聞いて沙良が震えた。
「そうそう。それが本当にヤバイらしいって話を、昨日先生たちがしてたんだよ」
　博樹が言う。
　西原先生たちのことかもしれない。
「あぁ、あたし呟きサイトに登録してないからなぁ」
　雅美は興味がなさそうな口調でそう言った。
「登録してないなら、そのままのほうがいいよ。呪いの動画はどんどん広まっていってるみたいだから」
「どうせ噂だけでしょ？」
　雅美は冷静だ。
「そうならいいけどね？　今日はリナも登校してきてないし、何かあったのかもしれない」
　円の言葉に「どうしてリナが関係してるの思うの？」と、思わず声をかけていた。
「最近のリナの様子を見たらわかるじゃん。幸穂が死んだあと『次はあたしの番だ！』って叫んでたんだよ？　リナにもあの動画が回ってきたに決まってる」
　その言葉にあたしはグッと唇を噛みしめた。
　円はあたしや沙良よりも前に、あの動画の存在に気がついていたのかもしれない。
「どうして動画について早く教えてくれなかったの？」

円は何も悪くないとわかっていながらも、そう聞いた。
「言ったじゃん。あたしはちゃんと調べてからホームページに載せるんだって」
「そうかもしれないけど、リナは友達でしょ!?」
「イズミ、円を責めてもなんの解決にもならないよ」
　沙良にそう言われ、あたしは言葉を切った。
「それ、どこまでわかってる?」
　沙良が円へ向けてそう聞いた。
「今ね、面白いサイトを見つけたところ。だけど、まだ言えない」
「こんな状況なんだよ?　みんなだって、何が起こってるのか早く知りたいはずだよ?」
　沙良が食い下がる。
「わかってる。だけどあのサイトの情報が嘘だとしたら、余計に混乱を招くだけでしょ」
　円がそう言った。
　たしかに、ただでさえ次々と生徒たちが死んでいっているのだ。
　今、円が間違った情報を流せば学校中パニックになるかもしれない。
「時期が来たらちゃんと教えるから」
　円の言葉に、あたしたちは頷くしかなかったのだった。

　それから1人ずつ職員室へ呼ばれ、先ほどの経緯を説明した。

最後まで彼と会話をしていたあたしと沙良は、他の生徒たちよりも長く警察と対面することになった。
　でも、本当のことは言えない。
　彼の死の直前までしていた会話は、呪いの動画についてなんだから。
　ようやく説明が終わって教室へ戻ってくると、先に説明を終えていた沙良が待ってくれていた。
　沙良も疲れた表情を浮かべている。
「待っててくれたんだね」
「当たり前でしょ。友達なんだから」
　そう言ってほほ笑む。
　校舎の外は徐々に太陽が沈みかけている。
「ねぇ沙良、今日はあたしの家に来ない？」
　あたしの両親は今日から旅行へ出かけていて、家に帰っても誰もいない。
　1人になるのが嫌で誘ってみると、沙良は驚いた表情をこちらへ向けた。
「イズミの家に？」
「うん！　今日は両親が旅行に行ってて、誰もいないの」
「そうなんだ？　でも、勝手にお邪魔していいのかな？」
「いいのいいの！　自分たちだって子どもを置いて旅行に行ってるんだから」
　そう言い、あたしは沙良の手を取り歩き出した。
　あたしたちにだって気晴らしは必要だ。
「イズミの家に行くのって久しぶりだなぁ」

「そうだよね。高校に入学してからは、あんまり家で遊んだりしてないよねぇ」
　子どもの頃は互いの家や公園で遊ぶことが多かったけれど、成長するにつれて徐々に少なくなっていった。
　興味が他の物へと移り、外でショッピングやご飯を食べる回数が増えたのだ。
「イズミの家に行くならコンビニ寄っていこうよ。オヤツたくさん買っていこう」
　沙良が楽しそうにそう言った。
　一生懸命、前を向こうとしているのがわかる。
「いいねぇ！」
　あたしは元気よくそう返事をした。
　それからあたしたちはコンビニでオヤツとジュースを買い込んで、家へと戻ったのだった。

　2人してバカなことを言い合ったり騒いだりしていると、あっという間に時間が過ぎていく。
　静かになると動画のことを思い出してしまうので、会話が途切れないようにいろいろな話をした。
　気がつけば夜の8時を過ぎていた。
「あ、もうこんな時間？」
　壁掛け時計を確認した沙良が目を丸くしてそう言った。
「外、もう真っ暗だよ。雨も降ってるし」
　あたしは窓から外を確認してそう言った。
　雨は昼間より強くなっている。

「うわぁ。嫌だなぁ」
　これから帰るとなると、あたしでも面倒くさいと感じてしまうだろう。
「じゃあ、うちに泊まる?」
「え?」
　沙良が驚いたように目を丸くしている。
「だって、今から帰るの大変でしょ?　それに、沙良が帰ったらあたし１人になって心細いし」
「そうだけど……。あたし、着替えも何も用意してきてないよ?」
「あたしのパジャマがあるから、貸してあげるよ」
「いいの?」
「パジャマはいっぱいあるから大丈夫。ね、泊まっていきなよ!」
　何気なく提案しただけだったけれど、話をしているうちにあたしはすっかりその気になってしまった。
　沙良が泊まってくれたら、ずいぶんと気がラクになる。
「わかった。それなら今日はここに泊まらせてもらうね」
　そう言い、沙良はニコッとほほ笑んだ。
「ありがとう沙良」
「えへへ、じつはあたしも１人で寝るのは怖かったんだよね」
「本当に?」
「うん。イズミがいてよかった」
　そう言ってほほ笑む沙良に、あたしは安堵した。

今日は1人じゃない。
そう思うと恐怖も半減した。
それでも、夜になると気分は落ち込み、動画のことを思い出してしまう。
死んでいったみんなの顔が浮かんできて、途中で何度も目が覚めた。

そして、気がつけば朝が来ていた。
しっかりとは眠れていなくて、まだまだ眠い。
隣で薄目を開けている沙良へ向けて「おはよう」と挨拶をした。
「おはようイズミ。もう朝？」
沙良は眠そうな目で瞬きを繰り返してそう聞いてきた。
「そうだよ。今日も学校」
そう言うと、沙良は大きなため息を吐き出した。
「嫌だな学校。このままイズミと一緒に遊んでたい！」
いつもは大人っぽい沙良が、駄々っ子のように頬を膨らませている。
そんな沙良を見て思わず笑ってしまった。
「仕方ないでしょ学校なんだから。早く準備しなきゃ」
いつも自分がお母さんに言われているようなことを口にして、あたしたちはようやく布団から起き出したのだった。
本当は、あたしだって学校には行きたくなかった。
学校へ行けば、またあの動画が拡散されているかもしれないのだ。

このままサボれたらいいのに……。
　そんな気持ちが首をもたげてくる。
　けれど、何も知らない間にクラスメートたちが危険な目に遭うのも嫌だった。
　あたしにできることなんてほとんどないかもしれないけれど、少しでも力になりたい。
　それから、あたしと沙良は２人で朝ご飯を作った。
　２人で食べる朝ご飯も、２人で並んだ歯磨きも。
　以前に行った宿泊合宿や修学旅行を思い出して、とても楽しかった。
　２人で外へ出てみると、今日はとてもよく晴れている。
　気分もいいし、動画のことなんてまるで嘘のように感じられたのに……。

　学校へ到着する寸前、沙良が立ち止まってスマホを取り出した。
　誰かからメッセージでも来たのだろう。
　画面を食い入るように見つめている。
　相手は誰だろう？
　真剣な顔をしてるから、もしかして好きな人……？
　そう思った時だった。
　青ざめた沙良がスマホ画面から顔を上げた。
「どうしたの？」
「これ……」
　沙良がおずおずと見せてきた画面には、あの砂嵐の動画

が流れていた。
　モヤのようでハッキリしなかった影が、今日は人間のように動いているのがわかった。
「なんで!?」
　沙良は、あたしと一緒に呟きサイトを退会したはずだ。
「メールで送られてきたの。この動画が……」
　沙良が震える手でギュッと拳を握りしめ、そう言った。
「メールで……？」
　画面の最後には【残り３日】と表示され、パッと消えていった。
「貸して!!」
　あたしはすぐに沙良のスマホを奪い取り、メールを削除した。
　こんなの誰かの嫌がらせに決まってる！
　あたしたちを怖がらせて楽しんでいるだけだ！
　あたしは自分自身にそう言い聞かせたのだった。

トラック

　教室へ到着しても沙良は無言のままだった。
　相変わらず顔色も悪く、席に座るなり机に突っ伏してしまった。
　そんな沙良を見ていたら、胸がギュッと苦しくなる。
「イズミ、沙良はどうかしたのか？」
　登校してきた寛太が沙良を見て心配そうに、そう言った。
「うん……。誰かが悪質なメールを送ってきたの」
　あたしは怒りのこもった声でそう言った。
　沙良はもう呟きサイトには登録していない。
　それでも動画が送られてくるということは、あの砂嵐動画のことを知っている人物が送ったとしか思えなかった。
「迷惑メールか？　それなら拒否すればいいのに」
　サラッと言う寛太に、あたしは瞬きを繰り返した。
「そっか、拒否すればいいんだ！」
　動画は消したけれど、拒否はしていないはずだ。
　拒否しておかなければ、これから先も沙良は悩み続けることになるかもしれない。
　あたしはさっそく沙良にそのことを伝えた。
「ダメだよ。さっきのメールはもう削除しちゃったし、アドレスなんて覚えてない」
　スマホを操作していた沙良は、落胆したような表情を浮かべてそう言った。

アドレスを表示させなければ、拒否することができない
のだ。
　　メールを捨てたのは、あたしだ。
「ごめん……。でも、今度また送られてきたらすぐに拒否
するんだよ？」
「わかった。そうする」
　　沙良が頷いたタイミングで教室のドアが開き、担任の男
の先生が入ってきた。
　　ホームルームまでにはまだ時間があるのに、どこか焦っ
ているように見える。
　　先生はそのままリナの机に向かうと、引き出しの中を確
認しはじめた。
「先生、何してるの？」
　　リナの隣の席の女子生徒が指摘するようにそう聞いた。
「いや、ちょっとな……」
　　そう誤魔化す先生だけど、明らかに様子がおかしい。
　　嫌な予感が胸をよぎった。
　　動画のカウントダウンを思い出す。
　　リナは"今日"だったはずだ。
　　だからこそ、家から出ないほうがいいとアドバイスをし
たのだから。
「先生、何かあったんですか？」
　　教室内に響き渡るくらいの大きな声で、そう聞いたのは
沙良だった。
　　顔色は悪いままなのに、しっかりとした声でそう聞いた。

「あぁ……。またホームルームの時にでも話す」
　先生は言葉を濁して、リナの私物を持って教室を出たのだった。
　正直、あたしは先生の話なんて聞きたくなかった。
　リナに関することだと、否が応でもわかってしまっていたから。
　何も知りたくない。
　もしくは、リナが元気に登校してきてくれればいいのにと、願っていた。
　けれど、その願いは空しく空回りしていた。

「今日はみんなに連絡がある」
　ホームルームがはじまると、いつになく真剣な先生の表情に誰も私語をしていなかった。
　ここまでの静寂に包まれる教室に寒気を感じてしまう。
「今朝、板野リナさんが亡くなった」
　一番聞きたくなかった言葉だった。
　誰もなんの反応もしなかった。
　頭がついていかず、ポカンと口を開けているクラスメートたちが多い。
「亡くなったって、どういう意味ですか？」
　クラス委員長である女子生徒が、手を上げて立ち上がりながら質問した。
「家にトラックが突っ込んで、板野は即死だったそうだ」
　先生はそう言うと、深くため息を吐き出した。

即死。
　その言葉が頭の中で何度も繰り返される。
「詳しいことは先生もまだ聞いていない。でも、板野はもう……」
「やめて‼」
　叫んでいたのは沙良だった。
　沙良は今にも倒れてしまいそうなほど真っ青で、その頬には涙が流れていた。
　動画の被害者が、また1人増えてしまった。
　クラス内の誰もが黙り込み、重たい空気がのしかかってくる。
「ここ最近、不幸が立て続けに起こってるな。でも、みんなにはいつもどおりの日常生活を送ってほしい。難しいとは思うけれど、悲しみを一緒に乗り越えていってほしい」
　先生の言葉が右から左へと流れていく。
　次は、誰の番だろうか。
　そんなことを、ボンヤリと考えていた。

家

　リナが死んだ。

　それは時間がたつにつれて徐々に理解されていった。

　最初は混乱していた生徒たちも、リナが登校してこないこと、リナのスマホに繋がらないことを確認してだんだんと現実を受け入れていった。

　学校は今日も午前中で終わりだった。

　午後からは、自主的に勉強をしたい生徒だけが教室に残る形になった。

　あたしたちC組で残ったのはあたしと沙良、寛太と博樹、そして円の5人だった。

　勉強といっても、みんな教科書とノートを広げているだけで何もしていない。

　みんな、話したいことは1つのはずなのに、重たい空気のせいでなかなか話しはじめることができずにいた。

「円、何かわかったことはある？」

　いつまでも黙っているわけにもいかないので、あたしは円へそう尋ねた。

　円は難しそうな顔を浮かべて「まぁまぁかな。まだハッキリとはわからない」と、答えた。

　まだ教えられるところまで来ていないんだろう。

「なぁ、最近お前らどうしたんだよ？　何も知らないのは俺だけか？」

寛太が誰にともなくそう聞いた。
　あたしと沙良は目を見交わした。
　何も知らないならそのほうがいいかもしれない。
　だけど、寛太も呟きサイトに登録しているのなら、他人事ではないのだ。
「寛太は呪いって信じる？」
　あたしは覚悟を決めてそう聞いた。
「呪い？　なんだよいきなり」
　寛太は瞬きをしてあたしを見る。
「今、呪いの動画っていうのが急速に広まっていってるの」
「マジで？　俺、そんなこと全然知らないけど」
「寛太は呟きサイトには登録してないからだ」
　そう言ったのは博樹だった。
「呟きサイトって、最近有名なサイトのことか？　感じたことや思ったことをそのまま書いて投稿できるっていう」
「そう。そのサイトでは写真や動画を投稿することもできるの」
　あたしは早口に説明した。
「で、それと呪いの動画とどう関係あるんだよ？」
「呟きサイト内で拡散されてる呪いの動画があるの。幸穂やリナ、それに後輩の子たちもそれが原因で亡くなったかもしれない」
「そんなこと本気で言ってんのかよ」
　呆れ顔になる寛太。
　しかし他の面々はみんな真剣な表情を浮かべている。

「少なくとも、ここにいるメンバーは全員それを信じてる」
　円がそう言った。
　寛太は驚いたようにあたしたちを見つめた。
「幸穂もリナも、呪いだのなんだのって言ってたのかよ？」
「そうだよ」
　あたしはそう答えた。
　寛太は難しい顔をして黙り込んでしまった。
　しかし、考えていたのはほんの一瞬だけだった。
　すぐにパッと顔を上げると、「よし、わかった」と頷き話を続ける。
「その呪いの動画を止めれば、もう誰も死なないってことだな」
「それはそうだけど……」
　寛太の真っ直ぐな瞳にたじろいでしまう。
「それが簡単にできれば人は死んでないよ」
　円が、寛太へ向けて強い口調でそう言った。
「簡単にできるなんて思ってない。でも動きはじめなきゃ何も変わらないんだろ」
　寛太の言うとおりだった。
　このまま拡散されていくのを見ているだけでは、何も変わらない。
　誰かが動き出さないといけないんだ。
「そう言っても、具体的にどうすればいいかがわからないだろ」
　博樹がそう言ったあと、寛太が口を開く。

「まず、この中で動画が回ってきた奴は?」
「そんなのいるわけないだろ」
　その問いかけに博樹が呆れた口調でそう返したが、沙良がおずおずと右手を上げた。
　それを見て博樹が唖然としてしまっている。
「じょ、冗談だろ、沙良!?」
「本当なの……。しかも朝、イズミがメールを削除したのに、また来てた……」
　そう言い、沙良はスマホを取り出した。
「えっ!?」
　あたしは、全身の血の気が引くのを感じながら驚きの声を上げる。
　沙良を見ると、諦めの表情を浮かべていた。
「見せてくれ」
　寛太に言われて、沙良はスマホを机の上に置き、動画を再生した。
　みんなが沙良の机のまわりに集まってくる。
「嘘だろ、沙良に送られてくるなんて、そんな……」
　博樹はまるで自分のことのように真っ青になっている。
「サイトにはまだ登録してるのか?」
「もう退会した。でも、メールで動画が送られてきたの」
「サイトを退会してもダメなのか」
「それに、拡散した子も死んでいった。退会しても、拡散しても、死へのカウントダウンは止まらないの」
　あたしは寛太へ向けてそう説明した。

「……わかった。円はこの動画について調べてくれてるんだろ?」
「うん。調べてるよ」
「それなら引き続き頼む。俺たち4人はリナの家に行こう」
「リナの家に?」
　あたしは驚いて聞き返した。
「被害者の両親なら、何か知っていることがあるかもしれない」
「そうかもしれないけど、今は大変な時だと思うよ。話なんてできないかもしれない」
「でも、あたしもリナの家に行きたい」
　そう言ったのは沙良だった。
「リナが死んだなんて納得できない」
　沙良が強い口調でそう言った。
　そんなのあたしだって同じ気持ちだった。
　トラックが家に突っ込むなんて、あまりに現実とはかけ離れている。
「……わかった。行こう」
　現実をこの目で確認するんだ。
　あたしはそう心に決めて頷いたのだった。

　学校を出てリナの暮らしていたアパートへと続く道へ出た時、ブルーシートが見えた。
　リナの家は学校からとても近いから、ここに立つだけでよく見える。

ブルーシートの周辺には人だかりができていて、まだ数人の警察官が残っている。
　あの場所……リナの家で何かが起こったことは間違いないようだった。
　あたしは思わず歩みを止めてしまいそうになりながらも、どうにか歩き出した。
　沙良も歩調がゆっくりになっている。
「ブルーシートがかけられているところって、リナの部屋だよね」
　あたしがそう言うと、沙良はビクリと肩を震わせた。
「ねぇ沙良……」
　もう十分理解できたよ。
　もうこれ以上進むのは嫌だよ。
　そう思ったのだけれど、沙良が振り向いた。
「ちゃんと確認しなきゃわからないでしょ。話だって聞かなきゃいけない」
　沙良の言葉に、あたしはグッと言葉をのみ込んだ。
　現実を受け入れたくないという沙良の強い気持ちが、ひしひしと伝わってくる。
　あたしだって沙良と同じ気持ちだった。
　リナが死んだなんて受け入れたくない。
　けれど、すぐ目の前の光景は現実なんだ。
「大丈夫か？」
　後ろからついてきていた寛太がそう聞いてきた。
　あたしは小さく頷く。

「行こう」
　沙良があたしの手を握りしめて大股に歩き出す。
　目を背けてしまいたくなるような現実でも、沙良はちゃんと確認しようとしているのだ。
　自分に送られてきた動画と、リナに送られてきた動画。
　その関係を知るためには必要なことだった。
　ブルーシートの前まで到着した時、あたしたちは1人の警察官によって止められてしまった。
「あたしたち、リナの友人なんです」
　沙良がそう言うと、婦人警察官の1人が困ったように眉を下げて近づいてきた。
「リナさんの遺体は今、病院へ移されているの」
「病院に？」
　あたしはそう聞き返した。
「司法解剖を行うのよ」
　解剖。
　その言葉に背中が寒くなるのを感じた。
　リナの体は今、切り刻まれているのかもしれないのだ。
「リナに何が起こったんですか？」
　沙良が青い顔になりながらも、そう質問をした。
「それは……」
　婦人警察官が口ごもっている時、ブルーシートの中からリナの母親が出てきた。
　目は真っ赤に充血していて、立っているのもやっとという状態だ。

「おばさん!」
　あたしはすぐに駆け寄った。
「あぁ……あなたたち……」
　リナの母親は警察の用意した小さなイスに座り、大きく深呼吸をしている。
「あの……リナは……?」
　そう質問する自分の声が情けないほどに震えていた。
　聞いてしまえばすべてを受け入れなければならなくなってしまう。
　知らないままなら、リナは死んでなんかいないと思い込むことだってできるのに。
　リナの母親はあたしの質問に、ゆっくりと左右に首を振った。
「突然だったの。部屋にトラックが突っ込んできて、あの子の体を撥ね飛ばして……」
　そう言い、言葉を詰まらせる母親。
「本当だったんですね……」
　沙良が呟くような小さな声でそう言った。
「最近、リナの様子が変だった気がするんですけど、何か聞いてませんか?」
　寛太が沙良の隣に立ってそう聞いた。
「そうね……私も何か様子がおかしいことには気がついていたの。何日もお風呂に入らなかったり、部屋の片づけをしなかったり。だけど、何を聞いても『お母さんには関係ない』って突っぱねられてしまって、結局何もわからない

ままだったの」
　そう言い、大きく息を吐き出した。
「あの、リナのスマホはどうなりました?」
　そう聞いたのは博樹だった。
　そうだ、リナのスマホが残っていれば何かヒントになる情報を得られるかもしれない!
「あの子のスマホ……。そういえば、どうしたのかしら。何せ部屋の中はメチャクチャになってるから……」
　そこまで言い、うつむいてしまった。
　これ以上、聞き出すことはできないかもしれない。
　リナのお母さんは今にも倒れてしまいそうだ。
「部屋を見せていただくことはできませんよね?」
　寛太がそう言った。
　まだ警察官もいる状況じゃ、さすがに難しいだろう。
「今はダメだけど、少し落ちついたら大丈夫かもしれないわ」
「また来てもいいですか?」
　あたしはそう尋ねた。
「えぇ。あなたたちはリナの友達ですもの。何かわかったら、私にも教えてちょうだい」
　リナのお母さんはそう言い、家の中へと戻っていったのだった。

最期の配信

 あたしたち4人は学校の近くのファミレスに来ていた。
「リナのお母さん、すごくやつれてたね」
 あたしはグラスに入った水を見つめながらそう言った。
「そうだね……」
 人が……しかも家族が死んだら、あんなにも変わってしまうのだ。
 それが恐ろしかった。
 普段テレビのニュースで何気なく見ている殺人事件も、その裏ではたくさんの人々が悲しみに暮れているのだ。
「沙良、動画をもう一度見せてくれ」
 博樹が沙良へ向けてそう言った。
「いいけど……」
 沙良はスマホを取り出し、動画を再生させた。
 博樹は真剣な表情で動画を見つめ、何度も何度もリピートさせている。
「この動画の中に何かヒントでも隠されてればいいのにな」
 博樹はそう言い、唇を噛んだ。
「リナはこのカウントダウンのとおりに死んだ」
 沙良がそう言った。
「そんなの……ただの偶然だよ」
 あたしはどうにか声を絞り出してそう言った。
 偶然だなんて思えなかったけど、そう言うしかなかった。

じゃないと、今度は沙良が……。
「本当に偶然だと思う？」
　沙良の言葉にあたしは返事ができなくなってしまった。
「リナの動画も、まるでどうやって死ぬかを予言してるみたいだった」
「そんなの……」
　そこまで言い、口を閉じた。
　さっきと同じセリフを言うところだった。
「調べてみよう」
　あたしはそう言い、自分のスマホを取り出した。
　この前、調べてみた時は何も出てこなかった。
　今回だって同じはずだ。
　そう、思っていたのに……。
　前回と同じ【恐怖動画】をクリックしてみると、砂嵐の動画がランキングトップに上がってきていたのだ。
　見た瞬間、息をのんだ。
　実際にこの動画を送られてきた人が、ここに公開したのだろう。
　動画の下のコメントには、
【本気でヤバイ】
【死のカウントダウン】
【黒い人影は自分自身。どうやって死ぬのかを予言してる】
　という内容のコメントがズラリと並んでいる。
「たくさん出てくるね」
　あたしの隣から画面を確認していた沙良がそう言った。

あたしは、「うん……」と頷くことしかできなかった。
「もっと調べてみよう」
　沙良に言われて、あたしは【砂嵐動画】と検索をかけてみることにした。
　すると、関連するサイトがいくつも出てくる。
　どれも呟きサイトで拡散されている動画のことが書かれてある。
【あの動画はマジでヤバイ】
【拡散希望って書いてあるから拡散したのに、死んだヤツがいる】
【拡散してもしなくても、死ぬ】
【今、拡散数10万だって。ヤバくない？】
「みんな、もうあの動画のこと知ってるんだ……」
　沙良がそう呟いた。
　中には沙良と同じように呟きサイトを退会した人もいるようだ。
　けれど、退会しても無意味だと書かれている。
　メールで、何度でも送られてくると。
【拒否しなよ】
【しても無理。相手は人間じゃない。悪魔だ】
　その書き込みを最後に、このやりとりは途絶えている。
「円も言っていたように、動画の出所がわかればきっと対処する方法だってわかるはず」
「そうだね。でも、ネット上でもこれだけ混乱してるし、拡散され続けてるのに出所を探すことなんてできる？」

沙良がジッとスマホの画面を見つめてそう言った。
　さっき読んだ【拡散数10万】を思い出す。
　その中から出所を探すとなると、どれだけ時間がかかるかもわからない。
　素人のあたしたちじゃ、到底無理かもしれない。
「どうすればいいんだろう」
　そう呟いた時だった。
　あたしのスマホに着信があった。
　円からだ。
　名前を確認して、すぐに電話を取る。
《もしもし？　今、電話大丈夫？》
「大丈夫だよ」
《あの動画について書かれているサイトで、面白いのを見つけたんだけど》
　円の言葉にあたしは目を見開いた。
　円からそんな話を持ちかけてくるということは、信憑性があるということだ。
「どこのサイト？」
《メールでＵＲＬを送ろうか？》
「お願い！」
《わかった。だけど、100％本物かどうかはわからないからね？》
「わかってる。何かわかったら、またすぐに連絡ちょうだいね」
《わかった。まかせて》

円はそう言い、電話を切った。
　それからすぐにサイトのＵＲＬが送られてきた。
　円が教えてくれたのは、今、話題になっている動画をピックアップして会話していくチャット形式のサイトだった。
　その中にはさまざまな憶測ばかりが飛び交い【死んだ女の呪い】とか【悪魔がやってきた】とか、信憑性のないものばかりが書き込まれている。
　ほとんど読み飛ばしながら進めていくと、１つだけ気になる書き込みを見つけることができた。
【呟きサイトに登録して、動画をアップして、すぐに退会したヤツがいるらしい。きっとそいつが犯人だ】
　呪いや悪魔の仕業だと騒ぐ人が多い中で、この書き込みだけは違った。
　円はこの書き込みを見つけたのだろう。
「あの動画は誰かが作ってバラ撒いた。それなら、犯人を捕まえてやめさせることもできるかもしれないよね」
　少しの希望が見えてきて、あたしはそう言った。
　この書き込みが真実かどうかはわからない。
　けれど、このチャットの中では一番有力だと思えた。
　その時だった。
　ポンッと電子音が聞こえて、チャットに新しく誰かが入室したことを知らせた。
　あたしは画面をスクロールし、一番上まで移動させた。
【初めまして。俺、今日がラストの日です】
　突然書き込まれたその文字に、他の人たちは黙り込んで

しまっている。
「何これ、イタズラ？」
　沙良が顔をしかめる。
　ネット上の人たちもそう思っているのか、彼の書き込みを無視して会話を続けはじめた。
【これから俺がどういうふうに死ぬのか、ネット配信したいと思います】
　誰にも相手にされていないとわかっているはずなのに、男性の書き込みは続く。
　あたしたちは、その書き込みを追いかけた。
【まずは、俺に送られてきた動画を見てください】
　その文字のあとに砂嵐動画が貼られた。
　それは今まで見てきたものと同じだった。
【これが２日目】
　黒いモヤのようなものが画面上に現れ、最後には【残り４日】の文字が出てくる。
「これ、本物だと思う？」
　沙良にそう聞かれても、あたしは「わからない」としか返事ができなかった。
　一見同じように見えるけれど、きっと上手な人はこのくらいの動画作れるのだろう。
【これが今日の動画です】
　モヤの存在はハッキリとした人の形になり、それはどこからか飛び降りるように見えた。
【残り０日】

カウントダウンが0になっている。
「これが本物なら、この人は今日死ぬってことだよな？」
　寛太がそう聞いてきたので、あたしは頷いた。
「そうだね。しかもそれを動画で配信するって書いてる」
　まさか。
　さすがにそれは嘘だろう。
　そう思うけれど、その書き込みから目を離すことができなかった。
【どうか、俺の最期を見てください】
　その書き込みの下にはＵＲＬが貼られている。
「どうする？　見てみる？」
　チラリと沙良を見てそう聞いた。
「うん」
　沙良は力強く頷いた。

　ＵＲＬをクリックすると、どこかの街並みが写っていた。
　どうやらスマホで撮影しながら歩いているようだ。
　見たことのない街並み。
『仕事が終わったから、今からすぐ家に帰ります』
　男の声が入り込んできた。
　歩調は速く、焦っている様子がうかがえる。
『俺はきっと、どこからか飛び降りて死ぬ。それなら、自分の家にいればいいんです。俺の家、１階建てだから』
　そう男が言っている間に、男の家と思われる建物が見えてきた。

背の低い、小さな一軒家だ。
　男は、その家に逃げるようにして飛び込んだ。
『これで、今日はもう外へは出ません。カギもチェーンもしっかりかけておきます』
　玄関のカギとチェーンをかける様子も、しっかりと動画に収められた。
　男はそのままリビングへ向かうと、カーペットの上に座り込んだ。
　スマホのカメラを自分側へ向けて置くと、撮影をはじめている。
　男は20代後半くらいで、顔は見たことのないものだった。
　額に汗を流し、怯えているのかキョロキョロと周囲を見回し、落ちつかない様子だ。
『今日、本当に俺が死ぬのかどうか、みんなに見ていてほしい』
　汗をぬぐい、男がカメラへ向けてそう言った。
『それで、もし本当に死んだりしたら……』
　男がそこまで言った時、男の家のチャイムが鳴る音が聞こえてきた。
　男は過剰に反応し、飛び上がって驚いている。
『チャイムにも……出るつもりはありません。出たら、何が起こるかわからないから』
　男はそう言い、チャイムの音を無視した。
　あたしでも、きっとこの人と同じことをしただろう。
　男は食料も買い込んできているようで、今日はもう一歩

も動かないと決めているようだった。
『それで、もし本当に俺が死んだら、その時はあの動画が送られてきたからです。俺は死にたくない。絶対に死にたくなんかないんです！』
　男の体の震えは強くなっている。
　何かを感じ取っているかのように、しきりに部屋の中を見回す。
『誰かあの動画を止めてください。俺が死んだら――』
　男の言葉はそこで途切れた。
　次の瞬間、画面上の男の体がフワリと浮き上がり、天井まで届いたかと思うと床へ思いっきり叩きつけられるのを見た。
　唖然として、声も出なかった。
　男の悲鳴が画面から聞こえてくる。
　とっさに、耳を塞いでいた。
　男の体がまた宙へ浮かび、床に叩きつけられる。
　キレイだったその顔は血に染まり、歯が欠けて口の中まで真っ赤になっている。
　それでも見えない力によっての上下運動は止まらない。
　男性が血を吐き、部屋中が真っ赤に染まる。
「と……止めて！」
　沙良の叫び声にハッと我に返り、あたしは慌てて動画を停止した。
　心臓が口から飛び出てきそうなくらい、早く打っている。
　汗もびっしょりとかいているのに、その場から動くこと

ができなかった。
「……きっと、演出だよ」
　10分以上時間が経過してから、あたしはようやく一言そう言った。
　それでも、誰も何も言わなかった。
「最初から、あんなふうに撮影するようになってたんだよ」
　あたしは呼吸を整えてそう言った。
「本当に偽物だと思う？」
　そう言う沙良の目に涙が浮かんだ。
　演出だ、偽物だと言えば言うほど、本当にそうなのかと疑問が首をもたげてくる。
　さっきまで見ていたものが偽物だなんて、到底思えなかったからだ。
　男の体が勝手に持ち上がり、床へと叩きつけられる。
　それが何度も何度も繰り返されたのだ。
　思い出し、吐き気を感じて唇を噛んだ。
「この動画を見てたのは俺たちだけじゃないはずだ。調べてみよう」
　寛太がそう言い、スマホを取り出して調べはじめた。
　すると案の定、チャットの画面はたくさんの文字で埋め尽くされていた。
【演出だよね？】
【あんなの、どうやって演出するんだよ】
【本物だろ？】
【あの動画と同じように死んだの？】

数分のうちに、さまざまな書き込みがされている。
　みんな混乱と恐怖に包まれているようだ。
　偽物だと言う人と、本物だと言う人は半々くらい。
　けれど、どれもただの憶測だった。
　詳しく理解している人は１人もいない。
「円に連絡してみる」
　あたしはそう言い、円へ電話を入れた。
《もしもし？　見た？》
　まるであたしからの電話を待ち構えていたかのように、円の声が聞こえてきた。
「あの男の人の動画のことだよね？」
《そう。まさかあんなふうに死ぬなんてね……》
　さすがの円も緊張しているのか、声が上ずっている。
「あの動画は本物だと思う？」
《わからない。でも、たぶん本物だよね》
「あんなに気をつけてたのに死ぬなんて……。動画が回ってきたら、みんな必ず死ぬの？」
《落ちついてイズミ。まだわからないの。とりあえず、あの男の人の動画が本物かどうか、パソコンに詳しい知り合いに聞いてみるから》
「うん……お願いね」
　あたしはそう言い、電話を切ったのだった。

歌声

　衝撃的な動画を見てしまったあたしたちは、しばらく無言だった。
　沙良があんなふうに死んでしまうかもしれない。
　そう思うと、胃が悲鳴を上げた。
「もう一度、呪いの動画を見せてくれ」
　沈黙を破ってそう言ったのは博樹だった。
　顔色は悪いけれど、沙良のためにどうにかしようという強い意思を感じられた。
「何度確認したって同じだよ。あたしは死ぬ」
　沙良の言葉にあたしはビクリと体を震わせた。
「なんでそんなこと言うの？」
「だって、今の見てたでしょ？」
「さっきの男の動画が本物かどうかなんて、わかんないじゃん」
「本当にそう思う？」
　沙良の言葉に、あたしは二の句を継げなくなっていた。
　円が調べてくれているといっても、あの動画が偽物だなんて思えなかった。
「沙良、少し静かに」
　動画を再生していた博樹が真剣な表情でそう言った。
「何か聞こえるな」
　そう言ったのは寛太だった。

「どうしたの？」
　あたしは寛太に尋ねる。
「今、何か聞こえてきた気がする」
　眉を寄せ、もう一度動画を再生させる寛太。
　スマホの音量を上げ、耳を澄ますあたしたち。
「歌声か……？」
　博樹がそう呟いた。
　微かに、女性の声が聞こえてきた気がした。
「もう1回聞かせて！」
　沙良が言い、動画はまた再生される。
「何を言ってるのか聞き取れないな」
　博樹はそう言い、音量を最大まで上げて再び再生ボタンを押した。
　すると……。
　今度は女性の歌声がハッキリと聞こえはじめたのだ。
　それは動画の最初から最後まで、しっかりと歌い込まれている。
「歌詞をメモするから、もう一度再生して！」
　沙良がカバンからノートとペンを取り出してそう言った。
「あぁ」
　博樹が頷き、また再生する。
　砂嵐のノイズに混ざり、たしかに聞こえてくる歌声。
「冷たい……水の中……泳ぐ魚たち……あたしの体……どこまでも……」

ゾクッと体が震えた。
　とくに恐ろしい内容の歌詞ではないのに、なぜか全身に鳥肌が立つ。
「なんの歌だ？」
　寛太は首をかしげながら、自分のスマホで歌詞検索をしはじめた。
「こんな歌、聞いたことない」
　沙良はそう言い、大きく息を吐き出した。
　沙良の腕にも鳥肌が立っている。
「歌詞検索しても出てこないな」
「有名な歌じゃないのかも。どこかの民謡とか校歌とか」
　そう呟き、細かく指定をして検索をかける。
　誰かが適当に作っただけの歌だとは思えなかった。
　こんな動画に、大音量でないと気がつかないようにこっそりと入れられていた歌。
　これはきっと何かのヒントなんだ。
　もしかしたら……生き延びるために必要なヒントかもしれない。
　スマホを操作しながらも、女の歌声が耳にこびりついて離れない。
　普通の歌声だったはずなのに、どうしてこうも寒気がするんだろう。
「あっ……」
　しばらく調べていると、似たような歌詞の歌を見つけることができた。

「あったの？」
　沙良がそう聞いてきた。
「たぶん、これじゃないかな？」
　それは大きな川がある、小さな町の歌だった。
　けれど、それはとても悲しい歌詞だった。
　町にある川に流されていく女性を歌った歌なのだ。
「なんでこんな歌を……」
　寛太が顔をしかめてそう言った。
　お祭りの時に使われる歌だと書いているが、とても楽しいイメージではない。
　この町特有の何かがあるのだろう。
　あたしは今度は町の名前で検索してみることにした。
　ヒットしたのはわずか数件。
　町のホームページと、その町に行ったことのある人のブログくらいなものだった。
　町のホームページに入ってみると、町の行事について書かれていた。
　毎年小さいながら夏祭りを開催しているらしい。
「この時にあの歌を使うんだろうな」
　寛太がそう言った。
「そうだね……」
　お祭りは町中の人が参加するらしい。
　公開されている写真をいくつか見ると、かなりの人が集まっている。
　けれど、日程などは書かれていなかった。

さらに町を訪問した人のブログを確認してみると【何もないじゃん！】と、つまらなさそうなことが書かれている。【この町って一部の人の間ではマジで人気スポットなのに、昼間に来てもなぁんにもないじゃん!!】
　その文字に目が行った。
　一部の人って、どういう意味なんだろう？
「ここから電車で3時間ほどの場所だよ」
　スマホで町のことを調べていたのか、沙良がそう言った。
「3時間か……」
　行けない距離ではないけれど、平日は難しい。
　けれど、もたもたしていてはカウントダウンがどんどん進んでしまう。
「明日行ってみるか」
　そう言ったのは寛太だった。
「明日って、学校は？」
　そう聞くと、寛太は当たり前のように「サボる」と、返事をしてきた。
「学校なんかより、大切なことなんだろ？」
　寛太があたしにそう聞いてきた。
　あたしは沙良を見る。
　沙良は泣き出してしまいそうな顔をしている。
「そうだね。今、一番大切なこと」
「だったら、1日くらいサボっても問題ねぇだろ」
「うん、そうだね。明日この町へ行こう」
　あたしは大きく頷いてそう返事をしたのだった。

イケニエ

　家に戻ってきたあとも、あたしは1人でその町について調べていた。
　とくに夏祭りについてだ。
　あれだけたくさんの人が写真に写っているのに、どうして開催時期が書かれていないのか、引っかかっていた。
　今年はいつ頃に行われる予定なんだろうか？
　そのお祭りの時にあの動画の音楽が聞けるのだろうか。
　そう思っていると、ある書き込みが目に入った。
　それは町に出かけていった人のブログだった。
　実際に行った当日のブログには【何もないじゃん】としか書かれていなかったけれど、それ以前のブログにはいろいろなことが書かれているようだった。
【今度あの町へ行ってきます。町全体が心霊スポットとして有名な小さな町。面白半分で行ったらきっと追い出されてしまうだろうから、普通の観光客を装っていきます】
「町全体が心霊スポット……？」
　あたしは顔をしかめてそう呟いた。
【あの町では昔、イケニエ制度があって、若い女性が川に流されていた。それは決まって6月頃。雨で川の流れが速くなっている頃を見計らって行われていたんだって。イケニエが戻ってくることは悪いことだとされていたから、絶対に戻ってこないようにたくさん雨が降ったあとにやるこ

とが多かったみたい。だから、あの町の祭りは今でも6月に開催されてるんじゃないかな？　イケニエになった女性たちの弔いのために】

弔いのため……。

動画で聞こえてきた歌は、イケニエの魂を鎮めるためのものなのかもしれない。

あたしは再び鳥肌が立つのを感じて、自分の体を抱きしめた。

あの動画は、この町でイケニエになった女性の呪いなんだろうか。

だとすれば、どうやってその呪いを解けばいいんだろう。

考えてもサッパリわからなかった。

現地に行けば、何かわかることもあるかもしれない。

あたしは自分の中の恐怖をどうにか押し込めて、眠りについたのだった。

翌朝。

あたしは夜が明けきらない時間に目を覚ましていた。

スマホを確認すると、すでに沙良からのメッセージが届いている。

【イズミ、起きてる？】

【起きてるよ】

【寛太が始発で移動をはじめようって言ってる】

【3時間だもんね。あたしもそのつもりだった】

返事をしながらベッドから起き、クローゼットを開く。

そして、動きやすいジーンズとTシャツという恰好に手早く着替えた。
　始発に乗るのなら、両親が起き出す前に家を出なきゃいけない。
　まぁ、2人とも旅の疲れでグッスリと眠っているだろうけれど。
【じゃ、駅で集合ね】
【わかった】

　スマホと財布を小さなカバンに入れ替えて、あたしはそっと部屋を出た。
　足音を忍ばせて階段を下りていく。
　家の中はまだ真っ暗で、外から聞こえてくる音もほとんどない。
　どれだけ静かに動いていても、自分の足音が大きく聞こえてくるようだった。
　どうにか玄関まで到着して、ゆっくりとカギを開けた。
　カチャッという音にヒヤリとする。
　玄関を抜け出すと、ようやく体の力が抜けた。
　カギを閉めて足早に駅へと向かう。
　街はまだ眠っていて、人の気配がない。
　静かな街を歩いていると途端に女の歌声を思い出し、歩調が速くなっていく。
　砂嵐の動画に黒い人影、そして迫りくるカウントダウン。
　そこに加わった、歌声という新しい情報。

あれに気がついている人は何人いるだろうか？
幸穂やリナは気がついていないようだった。
もっと早くあの歌声に気がついていれば、何かが変わっていた？
そう思うと、胃がキリキリと痛んだ。
亡くなった友人たちの葬儀にだって出ることができなかった。
今さらになってそれが重くのしかかってくる。
だけど、あたしは動くしかないんだ。
沙良の命は、あと２日しかないのだから……。

それから、あたしは学校の近くのコンビニで沙良と寛太の２人と合流した。
博樹にはここに残ってもらい、学校内の様子を連絡してくるように伝えていた。
「始発までもう少し時間があるな」
コンビニで飲み物を買ったあと、寛太がスマホで時間を確認してそう言った。
街はまだ静かでみんな眠りについている。
「どうする？」
沙良が寛太へ向けてそう聞いた。
「とりあえず駅まで行こう」
そう言われて、あたしたち３人は駅へと歩きはじめた。
駅に近づくにつれて少しずつ人の数が多くなっていく。
早朝になってから会社を出てくるサラリーマンや、ラン

ニングをしている人たちとすれ違う。
　駅の中に入るとさらに人数は増えて、その誰もがスマホをいじっているように見えた。
「この人たちは、いつもどおりに生活してるんだよね」
　空いたベンチに座り、あたしはそう呟いた。
「そうだね……」
　沙良が頷く。
　呪いの動画のことなんて関係ないように、進んでいる時間、そして風景。
　早朝という空間もあり、まるで夢の中を漂っているような感覚に襲われた。
「あら、あの子……」
　どこからかそんな声が聞こえてきて、あたしは視線を向けた。
　呟いていたのは年配の女性だ。
　どこかに出かけるのか、おしゃれな服を着ている。
　その女性の視線を追いかけていくと、改札付近にあたしたちと同じ高校の制服を着た１人の男子生徒が立っているのが見えた。
　学校へ行くには、ずいぶんと早い時間帯だ。
　男子生徒はキョロキョロと周囲を見回し、時折スマホに視線を落としている。
「何してんだろうな、あいつ」
　寛太が呟いた。
「寛太、知ってる人？」

「A組の澄田だ。1年の時に同じクラスだった」
　寛太はそう言いながらベンチから立ち上がり、澄田くんへと歩み寄っていった。
　スマホを見つめていた澄田くんは、突然声をかけられて驚いた顔を浮かべている。
「お前、こんなところで何してんだよ」
「なんだ、寛太か」
　声をかけてきたのが寛太だとわかり、安堵の表情を浮かべた澄田くん。
　同時にあたしと沙良にも気がついて、澄田くんは目を見開いた。
「お前らこそ、ここで何してんだよ。私服だし、学校に行かないつもりか？」
「俺たちは始発で行かなきゃいけないところがあるんだよ」
「どうせサボリだろ」
　澄田くんはそう言って軽く笑った。
「学校よりも大事な用事だ。なぁ、お前は何してる？」
　寛太がそう聞き直すと、澄田くんは視線を落として黙り込んでしまった。
「お前も、始発でどこかへ行く予定なのか？」
「……わからない」
　澄田くんが力なく、左右に首を振ってそう答えた。
「わからない？」
　寛太がそう聞いた途端、澄田くんの肩が小刻みに震えはじめた。

「わからない。どこかに逃げなきゃいけないのに、どこへ行けばいいのかわからないんだ！」
　寛太の腕を掴んで叫ぶようにそう言う澄田くん。
　その様子を見てあたしと沙良はベンチから立ち上がり、2人に近づいた。
「逃げるって、どういう意味だよ」
　寛太の質問に、澄田くんはまた黙り込んでしまった。
　駅のアナウンスで、始発が到着したと知らせている。
　待っていた人たちが一斉に動き出す中、あたしたちはその場から動くことができなかった。
「俺を助けてくれ。もう、あと1日しか残ってないんだ」
　澄田くんが震える声でそう言った。
　あと1日。
　その言葉に、あたしたちは目を見交わした。
「もしかして、お前のところにも回ってきたのか？」
　寛太の言葉に澄田くんはハッと息をのんだ。
「寛太、お前知ってるのか？　あの動画のこと！」
「あぁ、知ってる。お前にも送られてきたんだな？」
　澄田くんは何度も何度も頷いた。
　目には涙が滲んできている。
　あの動画から逃げるために始発電車に乗ろうとしていたようだ。
　どこへ逃げても結果は同じなのに。
「俺、怖くて……昨日、動画を拡散したんだ。学校の友達とか連絡先を知ってる奴ら全員に。そしたら……」

澄田くんはそう言い、あたしたちにスマホを見せてきた。
　そこには澄田くんへのメッセージが溢れ返っている。
【澄田！　お前、呪いの動画を俺に回してきやがっただろ！】
【あんた最低！　死んで当然】
【澄田くんのせいであたしまで死ぬの!?】
【あの動画を拡散するなんて信じられない！】
　澄田くんへの罵倒(ばとう)は今でもどんどん増えていき、増えるたびに【死ね】【殺す】といった過激な言葉に変わっていっている。
　誹謗中傷とも取れる内容に胸が痛んだ。
　誰だってあんな動画を送られたくはない。
　だけど、澄田くんだって被害者の１人だ。
「学校に俺の居場所はもうないんだ……」
　澄田くんがその場に膝(ひざ)をついた。
「それなら、なんで制服なんか着てんだよ」
　寛太が澄田くんを見おろしてそう聞いた。
「逃げるだけなら私服でいいだろ」
　その言葉に澄田くんが顔を上げた。
「何か、考えがあったの？」
　沙良が横からそう聞いた。
　澄田くんは小さく頷く。
「本当は、誰よりも早く学校へ行ってみんなに謝ろうと思ってた。だけど、あの動画について調べてるうちにどんどん怖くなってきて、自分はとんでもないことをしたって気が

ついて……。それで、やっぱり逃げようと思ったんだ」
　だから制服姿でこんな場所にいたんだ。
「それなら、俺も一緒に謝りに行こうか」
　あたしは始発がすでに出てしまったことを確認して、「あたしも行くよ」と言った。
　澄田くんは驚いた顔をしている。
「予定の電車は出ちゃったしね」
　沙良がそう言った。
「いいのか？」
　寛太が、あたしと沙良を交互に見ると、沙良が笑顔で答える。
「大丈夫だよ。いったん学校へ行ってから、あの町へ行こう」
　澄田くんが昨日拡散した動画がどうなったのか、念のため確認しておいたほうがいいかもしれない。
　あたしたちは落ち込んでいる澄田くんと一緒に学校へと向かったのだった。

　駅の外へ出ると、街は明るくなりはじめていた。
　行き交う車も増え、人々が活動しはじめている。
「サッカー部や陸上部なんかは、この時間から活動してるらしい」
　歩きながら寛太がそう言った。
　時間を確認してみると、午前6時を過ぎたところだった。
　普段はようやく目を覚ます時間帯だ。
　学校へ近づくにつれて澄田くんは無言になっていく。

今もまだ次々と中傷のメッセージが届いているようで、ときどきスマホを確認してはため息をついている。
「みんな、俺のことを許してくれるかな」
　そう呟く澄田くんに、沙良は左右に首を振った。
「誰かを許すとか、許さないとか、そんな問題じゃなくなると思う」
　沙良の言葉に澄田くんは押し黙ってしまった。
　下手をすれば呪いの動画は拡散され続け、学校全体を包み込むことになるだろう。
　それどころかこの街、ううん、日本中に広まるかもしれない。
　早足で校門へと向かうと、グラウンドからは部活動をしている生徒たちの声が聞こえてきた。
　変わらない日常を過ごしている生徒たちには、まだ拡散されていないはずだ。
　あたしはその様子にホッと安堵しながら、校舎へと視線を向けた。
　すると、昇降口の前に数人の生徒たちが集まっているのが見えた。
「みんなどうしたんだろう」
　寛太がそう呟き近づいていく。
「何かあったのか？」
　そう聞くと、1人が振り向いた。
　同じクラスの夕子だ。
「寛太！　イズミと沙良まで。しかも私服だし」

夕子は驚いたようにあたしたちを見つめる。
「夕子、どうしたの？」
「あたしたちは昇降口が開くのを待ってるの。今、開けられてるのはサッカー部と陸上部の部室だけだから」
「なんでこんなに早くに？」
　あたしは夕子へ向けてそう聞いた。
「学校のパソコンを使うためだよ」
「パソコン？」
　あたしは首をかしげてそう聞き返した。
「スマホを両親に取り上げられたの。だからパソコンが必要なの」
　そう言う夕子の表情は真剣で、あたしは沙良を見た。
　嫌な予感がする……。
「スマホを取り上げられたって、どうして？」
　沙良がそう聞くと、夕子のほうが驚いたように沙良を見て口を開いた。
「まだ知らないの？　もうほとんどの子に拡散されてるのに!?」
　夕子の言葉に心臓がドクンッと跳ねた。
「それって……」
「呪いの動画だよ」
　寛太の言葉を最後まで聞かず、夕子は答えた。
　やっぱり！
「拡散されてるって、どこまで!?」
　澄田くんが聞く。

「わかんないけど、あたしたちはそのせいで両親にスマホを取り上げられたの。死へのカウントダウンを止めるために、拡散しなきゃいけないのに」
「ちょっと待って。拡散した子だって助からなかったでしょ!?」
　沙良がそう言った。
　動画が送られてきているなら、もう気づいているはずだ。
　どうやっても呪いから逃れることはできないと。
「そうだけど、やってみないとわからないじゃん。このまま何もせずに死ぬなんて嫌」
　夕子がそう言った時、先生が昇降口のカギを開けにやってきのだった。

止まらない

　昇降口のカギが開けられると同時に夕子たちは走って職員室へと向かってしまった。
　パソコンの使用許可を取りに行ったのだろう。
　あたしたちは唖然として、その様子を見送るしかできなかった。
　数日前まで、呪いの動画が本当に存在しているなんて知りもしなかったのに……。
　拡散の速さに目眩を起こしてしまいそうだ。
「俺たちはパソコン教室へ先回りしよう」
　寛太がそう言い、あたしたちは歩き出したのだった。
「なぁ、1つ質問していいか？」
　パソコン教室の廊下で澄田くんが寛太へ向けて言った。
「なんだ？」
「駅で『町へ行く』って言ってたよな？　それってなんのことだ？」
　その質問に、寛太があたしを見た。
　あたしは小さく頷く。
　澄田くんも被害者の1人だ。
　知っておいてもらってもいいかもしれない。
「じつは、動画の中に歌声が入っていることに気がついたんだ」
「歌声？」

「あぁ。お前の動画も音量を最大にして再生してみてくれ」
 寛太にそう言われ、澄田くんはスマホを取り出した。
 沙良の動画にも入っていた、あの歌声が聞こえてくる。
「本当だ！」
「な？　その歌を調べてみたら、ある町の情報が出てきたんだ。動画と歌と町。きっと何かヒントがあると思う」
「そうか……俺も、拡散なんてせずに呪いについて調べてみればよかったんだ」
 澄田くんはそう言い、唇を噛んだ。
 けれど、もう拡散してしまったものはどうしようもない。
 元に戻すことはできないんだから。
 そうこうしている間に夕子たちが教室へとやってきた。
「夕子！」
 あたしは夕子へと駆け寄った。
「何？　邪魔するつもり？」
 夕子が鋭い視線を向けてくる。
「考え直してよ。呪いなんて嘘かもしれないし！」
「これだけ生徒たちが死んでるのに、まだそんなこと言ってるの？」
「だって……！」
「イズミは呟きサイトを退会したんでしょ？」
 夕子の言葉に、あたしは言葉に詰まった。
「あの動画が回ってくる前に退会したんだから、きれいごとだって言えるよね？」
「そんな……」

たしかに、あたしは呟きサイトを退会した。
　あの動画が送られてくることはない、安全地帯にいる。
　だけど、きれいごとを言っているつもりはなかった。
　みんなのことを助けたくて、頑張っているつもりだった。
「どいてよ」
　そう言い、夕子がスカートのポケットからカッターナイフを取り出し、あたしへ向けたのだ。
　突然のことにヒッと息をのんだ。
　夕子がここまで本気だとは思っていなかった。
「ちょっと夕子！　冗談はやめて！」
　沙良が叫ぶ。
　しかし、夕子はカッターナイフを持った手を下げようとはしなかった。
　真っ直ぐにあたしを睨みつけている。
「冗談だと思う？」
　夕子が一歩前へ出た。
「本当にやめとけよ」
　寛太が隣からあたしの手を握りしめてきた。
　いつでも、手を引いて逃げられるように。
「やらなきゃ、あたしは死ぬんだよ」
　夕子の手がカッターナイフを握り直した。
　刃が蛍光灯の光を反射してギラギラと光っている。
「どけよ！」
　夕子が叫んだと同時に、その手が振り上げられていた。
　とっさに寛太に腕を引かれ、体のバランスを崩しながら

も夕子から逃れることができた。
「邪魔だ！　どけ！」
　それでも夕子は、叫びながら執拗にカッターナイフを振り回し続ける。
　パソコン教室の入り口にいた澄田くんが逃げ遅れた。
「澄田！」
　寛太が大きな声で叫んだ。
　澄田くんは目を大きく見開き、目の前にいる夕子を見つめている。
「お前らは、その町へ行け！　呪いを解いてくれ！」
　澄田くんが叫んだ次の瞬間、カッターナイフが澄田くんの右腕を切り裂いていた。
　学生服が破れ、一気に血が流れ出す。
「澄田くん！」
　駆け寄ろうとする沙良を、寛太が止めた。
「行け！」
　澄田くんが叫ぶ。
「行こう」
　寛太がそう言い、廊下を走り出したのだった。

他校の生徒

　学校を出ると、あたしたちはそのまま真っ直ぐ駅へと歩きはじめた。
「澄田くんを置いてきて本当によかったの？」
　あたしは寛太へ向けてそう声をかけた。
「仕方ないだろ」
　寛太は真っ直ぐ前を見てそう言った。
「夕子たちはパソコンを使って拡散したのかな」
　沙良が不安そうな声でそう言った。
「わからない。すぐに先生が来ていれば、拡散される前に止めることができてるかもしれないけど……」
　せめて先生を呼んでおいたほうがよかったのかもしれない。
「ゴチャゴチャ言ってても仕方ないだろ。俺たちは、俺たちにできることをやるしかない」
　寛太がそう言った時だった、沙良がビクリと震えて立ち止まった。
「沙良、どうしたの？」
　そう聞くと沙良がカバンの中からスマホを取り出した。
　あたしはごくりと唾を飲み込み、スマホを操作する沙良を見つめた。
「届いてる」
　沙良が小さな声でそう言った。

「見せて」
　あたしは沙良のスマホを奪うようにして確認した。
　砂嵐の中の人影はさらに濃くなっていて、【残り２日】という文字が目に飛び込んでくる。
　あたしは強く下唇を嚙みしめた。
　沙良のスマホを強く握りしめているあたしに、寛太が「アドレスを拒否するんだ」と、言ってきた。
　あたしは頷き、沙良へとスマホを返した。
　沙良は青ざめながらも、スマホを操作している。
　これで助かることができればいいけれど……。
　カウントダウンが０になった時、死んでいった生徒たちと同じことになるかもしれないと思うと、いてもたってもいられない気持ちだった。
「あたしは大丈夫だから、ね？」
　アドレスを拒否し終えた沙良が、笑顔を浮かべながらそう言った。
「なんでこんな時に笑っていられるの？」
　思わずそう聞いていた。
　学校内はすでに混乱に包まれている状態だ。
「こんな時だからこそ笑うんだよ。泣いてたって解決しないんだから」
　沙良の言葉に、あたしは返す言葉を失ってしまった。
　そんなふうに考えているなんて思っていなかったから。
「本当はね、まだ半信半疑なんだ……。自分の身に降りかかってきていることなのにね」

沙良はそう言って苦笑した。
「俺も同じだ」
　寛太がそう言った。
「俺は呟きサイトにも登録してないし、呪いだのなんだのって言われても、クラスメートたちの悪ふざけにしか見えない。実感なんて、あるわけない」
「……そうだよね」
　沙良が寛太の言葉に頷いた。
「それでもクラスメートたちが死んで、偶然じゃないかもしれないって思って、それでようやく行動できてる感じだ」
「それだけで人のために動けるなんて、寛太もすごいよ」
　沙良が感心したようにそう言った。
　寛太は照れたように頭をかく。
　柄にもなくいいことを言っていた寛太に、あたしも少し感心してしまった。

　駅まで戻ってくると、さっきよりも人が増えている状態だった。
　どの電車も満員に近い状態だ。
「どうする？　1本遅らせればラッシュの時間帯を過ぎるはずだけど」
　あたしは時刻表を確認してそう言った。
「そうだな。長時間移動だし、少し時間をずらすか」
　寛太がそう言った時だった。
　ホーム内にいた数人の女子生徒たちがざわめいた。

10人ほどが輪になり、何かを見ているようだ。
「何してんだろうな、あれ」
　寛太が呟く。
　もうすぐ電車が到着するのに、彼女たちはそれにも気がつかない様子で話し込んでいる。
　ちゃんと並んでいないから、周囲の人たちも迷惑そうな顔だ。
「ちょっとやめて、押さないでよ！」
　少女たちの中からそんな声が聞こえてきてショートカットの少女が輪の中から押し出されるのを見た。
　それは今電車が到着しようとしている線路側で、もう少しで落ちてしまいそうな位置にいる。
　それを見て周囲がざわめいた。
「何してるんだ！」
　近くにいたサラリーマンが声を上げる。
　しかし、少女たちが壁になって近づくことができない。
　ショートカットの子は、近づいてくる電車の音に青ざめている。
「おい、危ないだろ」
　寛太がそう言って彼女たちに近づこうとした時だった。
　白くて細い手が、ショートカットの少女の体をトンッと押したのだ。
　ショートカットの少女は体のバランスを崩し、そのまま線路へと落下してしまう。
「おい！」

サラリーマンの男性が駆け寄ろうとする前に、電車が線路内へと進入してきた。
　あちこちから甲高い悲鳴が聞こえてくる。
　耳障りなブレーキ音。
　唖然としている間に、気がつけばさっきまでそこにいた少女たちは、みんな姿を消していたのだった……。

先延ばし

　信じられない人身事故のため、電車はストップしてしまっていた。
　彼女たちの中の誰かが少女を突き落としたことは確実なのに、集団になっていたため誰が犯人なのかわからない状態だった。
「くそっ、こんな時に……」
　ホームのベンチに座って、寛太が舌打ちをした。
　こんなところで足止めを食っている暇なんてないのに、電車が動かないのでどうにもならない。
「仕方ないよ」
　沙良が冷静な口調でそう言った。
「でもさっきの子たち、いったいなんだったんだろうね」
　あたしは、さっきの光景を思い出してそう呟いた。
　ショートカットの少女をイジメているようにも見えなかったし、もしイジメられていたのなら、本人もなんらかのアクションを起こしただろう。
　周囲には、たくさんの通勤者たちがいたのだから。
「……あの子、線路に落ちる間際までスマホを握りしめてたよね」
　沙良にそう言われて、あたしは「え？」と、聞き返した。
「見てなかった？　あんな状態なのに、ずっとスマホを持ってたんだよ」

「そうなんだ……」
「まさか、呪いの動画とか？」
　寛太がそう言った。
「呪いの動画と線路への落下って、どう関係があるの？」
　そう聞くと寛太はあたしをジッと見つめた。
「線路に落ちた子に呪いの動画が拡散されていたとすれば、さらに拡散されることを阻止するために突き落としたのかもしれない」
　寛太の言葉に、あたしと沙良は目を見交わした。
　でも、たしか西原先生は隣街の高校でも動画が広まっているというようなことを言っていた。
　それは彼女たちの通う高校のことかもしれない。
「殺人だよ!?」
　沙良が声を荒げてそう言った。
「でも、この先に何人もの人間が死ぬよりはマシだろ？　あれだけ集団になっていれば、誰が犯人かもわからない。通勤通学でたくさんの人でごった返してたし、同じ制服を着た生徒だってたくさんいる。監視カメラを確認しても、犯人特定に至るかどうかわからない。彼女たちはそこまで見越して突き落としたのかもしれない」
　それは寛太の憶測にすぎなかったけれど、ゾクリと背筋が寒くなった。
　あたしたちの学校だって、同じ状態になるかもしれないのだ。
　現に、今日は動画を拡散させるために澄田くんが犠牲に

なった。
「ねぇ、一度学校へ戻らない？」
　そう言ったのは沙良だった。
「今から？」
　あたしはそう聞き返した。
「やっぱり学校の様子が気になるよ。いつになったら電車が再開するかもわからないし……」
　そう言うと、寛太がスマホで時間を確認している。
　ホームルームがはじまるまで、まだ余裕がありそうだ。
「どうする？　行くか？」
　寛太にそう聞かれて「ここにいても何もできないもんね」と、あたしは言った。
「それなら、また出直すことにしよう」
　寛太がそう言い、あたしたちは学校へと戻ることになったのだった。

　学校へ近づくにつれて、校門の前が物々しい雰囲気に包まれていることがわかった。
　パトカーが何台も停まっていて、たくさんの警察官が出入りしている。
　あたしたちは、少し離れた場所でその様子を確認していた。
　このまま学校内へ入ることは難しそうだ。
「あなたたち！」
　そんな声が聞こえてきて振り向くと、西原先生が近づい

てくるのが見えた。
「西原先生！」
「あなたたち、こんなところで……しかも私服で何してるの？」
　そう聞かれて、あたしたちは言葉に詰まってしまった。
　でも西原先生は呪いの動画を知っているし、あれが本物だと理解してくれている。
　素直に説明すればわかってくれるかもしれない。
「西原先生、これって……」
　沙良が停車しているパトカーを見てそう言った。
「あぁ……。今日はもう休校よ」
　澄田くんの件が原因かもしれない。
　そう思った時、校内から夕子が出てくるのが見えた。
　両脇には警察官が寄り添うようにして歩いている。
「どうしても拡散しなきゃいけないの！」
　夕子は叫び声を上げて抵抗しようとしているが、警察官に押さえられている。
「夕子……」
　あたしは唖然として夕子を見つめた。
　昨日までは普通だったクラスメートが、目を血走らせてわめき散らす姿は衝撃的だった。
「西原先生……。今日、駅でも事件が起きたんです」
　呆然としているところに、寛太がそう言った。
「事件？」
「女子生徒の１人が線路内に転落したんです」

寛太の言葉に西原先生が目を見開き、「それって……」と小さな声で呟いた。
「動画のせいなんかじゃありません。誰かに突き落とされたんです」
　寛太がそう言うと、西原先生は安堵したようなため息を吐き出した。
「突き落とされた？」
「勝手な憶測ですけど、突き落とされた子には動画が回ってきてたんじゃないかと思うんです」
「それってもしかして……動画を拡散させないために？」
　西原先生の言葉に寛太は頷いた。
「このままじゃ動画で呪い殺されるよりも先に、殺されてしまうかもしれない」
　寛太の言葉に、澄田くんが刺されたシーンを思い出してしまった。
　学校で殺し合いがはじまるのは、もうすぐだ。
「わかったわ。そうならないために、先生も全力を尽くす。キミたちは早く帰りなさい」
　西原先生はそう言い、校内へと向かっていったのだった。

3章

地蔵

　学校を出たあたしたち3人は、念のため博樹に休校であることをメールで伝え、どうにか電車に乗り込んでいた。
　予定よりも大幅に遅れ、学校は悲惨な状況だ。
　もう一刻の猶予もない、と考えておいたほうがいいかもしれない。
「途中で2回ほど乗り換えなんだけど、2度目の乗り換えの時は次の電車まで1時間は待たなきゃならない」
　時刻表を見ながら寛太がそう言った。
「そんなにかかるの？」
　沙良がそう聞いた。
「あぁ。目的地は田舎だからな。1時間待つくらいなら歩いたほうがいいかもしれない」
　寛太の言葉に、あたしは頷いた。
　少し大変になるかもしれないけれど、1時間もホームで待っているなんてできなかった。
「沙良、歩ける？」
「あたしは平気。2人は？」
「もちろん」
　寛太は大きく頷いた。
「俺は円のホームページもしっかりとチェックしておくことにする」
「うん。少しでも何かわかったら連絡してもらえるように

言ってあるよ」
　あたしたちの目的はただ１つ。
　みんなを助けることだ。

　それから２時間電車に揺られて、小さな駅に降り立っていた。
　改札は１つしかなく、無人駅になっている。
　柱の痛んだ臭(にお)いが鼻を刺激した。
「ここから歩いてどのくらい？」
　スマホで地図を確認している沙良へ向けてそう聞いた。
「たぶん徒歩だと何時間もかかるよ」
「電車で１時間だもんな。でも、歩いてたら途中で電車が追いつくだろう」
　寛太がそう言い、迷うことなく歩き出した。
　あたしは慌ててそのあとを追いかける。
　途中で電車に乗る予定なら、線路沿いを歩いていくつもりなのだろう。
　周囲には何もなく、田んぼと山がそびえている。
「沙良、今日の動画を、もう１回見せて」
　そう聞くと、沙良は一瞬ビクッと体を震わせて怯えた表情を見せた。
　追い詰められているのが痛いほどわかった。
　沙良は無言のままスマホをあたしに差し出した。
　確認すると、やはりあの動画が送られてきている。
　人影は昨日の動画よりもハッキリとしていて、首を吊っ

ているように見えた。
　そして最後には【残り２日】の文字。
　沙良は２日後に首をつって死ぬということだ。
　あたしはグッと奥歯を噛みしめて、沙良にスマホを返した。
「そのアドレス、拒否したよね？」
　とっくに拒否済みだと理解している。
　けれど、何か話していないと嫌だった。
「うん。したよ」
　沙良はそう言い、スマホをポケットにしまったのだった。

　太陽はずいぶん上のほうまで来ていた。
　予定どおり途中で電車に乗ったあたしたちは、ようやく目的場所に到着していた。
　一見、緑の多いキレイな町だ。
　けれど一歩駅から出て川沿いを歩いてみると、川の左右にはたくさんの地蔵が建てられていることがわかった。
　１つや２つじゃない。
　ひしめき合うように建てられた地蔵は、その数だけイケニエを示しているのだろう。
　それを見ているだけで吐き気が込み上げてくる。
　これだけの人数が、この川で死んでいったのだ。
　そう思うと、透明度の高いこの水も真っ赤に染まって見える。
「本当に何にもないなぁ」

町の中を見回して寛太がそう言った。

小さなスーパーがある程度で、とくに目ぼしいものは見当たらない。

誰かに話が聞ければと思うのだけれど、町の案内所のような建物も見つけることができなかった。

あたしたちはいったんスーパーへ入り、簡単に昼ご飯を取ることにした。

気が焦っていたこともあり、朝から何も食べていない。

店内のイートインスペースに座っていると、チラチラと買い物客たちからの視線を感じた。

小さな町だから、知らない人がいればすぐに気がつくのだろう。

居心地の悪さを感じながらサンドイッチを頬張っていると、沙良が大きくため息を吐き出した。

「沙良、どうしたの？」

おにぎりを買ったのに、ひとくちも口をつけていない。

「やっぱり食欲なくてさ……」

沙良はそう言って苦笑いを浮かべた。

自分があと数日で死ぬかもしれないという時に、ご飯なんて食べていられないのだろう。

「そんなことじゃ、探し物も探せないぞ」

口いっぱいに、から揚げを頬張った寛太がそう言った。

「探し物って言っても、あの歌と動画を関連づけるものでしょ？ そんな曖昧なものがこの町で見つかるかどうかなんてわかんないし──」

「ほら、腹が減るとネガティブになるんだぞ」
　沙良の言葉を途中で遮って寛太は言った。
　そして、沙良に手を差し出す。
　その手には個包装されたコロッケが握られている。
「この町の名産品らしい。川魚が使われたヘルシーなコロッケだってさ」
　沙良は躊躇（ちゅうちょ）しながらもそのコロッケを受け取った。
　とてもいい香りがしている。
　沙良も食欲をそそられたのか、ゴクリと唾を飲み込む音が聞こえてきた。
「ひとくちでいいから食べておけよ。帰ってからやっぱり食べたかったなんて言っても、もう遅いんだぞ？」
　寛太の言葉に、沙良はコロッケをひとくち口に入れた。
　それはとても小さなひとくちだったけれど、沙良の頬に赤みがさすのがわかった。
「……おいしい」
「だろ？」
　寛太が白い歯を覗かせてニッと笑う。
「ちょっと寛太、あたしにはないの？」
「はぁ？　イズミはさっきから食べてるだろ。残りのコロッケは俺の分だ」
　そう言って、寛太は残っていたコロッケを口の中へ放り込んだ。
「あぁ！　ひどーい！　あたしも食べたかったのに‼」
　沙良の持っているコロッケからは本当にいい香りがして

いる。
　サンドイッチを食べたばかりなのに、お腹がすいてきてしまう香りだ。
　すると、沙良は小さく笑いはじめた。
　口元を押さえて、あたしと寛太のやりとりを見て笑っている。
　それは日頃から見慣れている沙良の笑顔だった。
　それなのに、あたしは胸がジンッと熱くなるのを感じた。
　沙良が笑顔になっている。
　まだ、笑うことができている。
　こうして、あたしたちと一緒に生きている。
　その事実が迫ってきて、涙が出そうになったのだ。
　あたしは涙を押し込めて、沙良と同じように笑った。
「寛太ってば、ひどいでしょ？」
　そう言いながら、また笑う。
　こうしていつまでも沙良と笑い合っていたい、と思いながら……。

図書館

　お腹がいっぱいになってからスーパーを出て、あたしたちは歩き出した。
　スーパーに貼られていたポスターには、町の奥まった場所に図書館があると書いてあったのだ。
　目的地はそこだった。
　図書館なら、この町の資料があるかもしれない。
　それこそ、イケニエのことがわかるかもしれないんだ。
　そう思うと心臓がドキドキしてきていた。
　あたしたちは確実に、あの動画の出所へと近づいている。
　そう感じていた。
「寛太、円のホームページに変化は？」
　3人で図書館へと向かいながら、あたしはそう聞いた。
「さっき確認してみたけど、何も更新されてなかった」
「そっか……」
　落胆した声を出す沙良。
　博樹からの連絡もないし、学校の様子が気にかかる。

　しばらく歩いて辿りついたのは、小さな図書館だった。
　外観はキレイだけど、中へ入ると年季が入っていることがわかる。
　入ってすぐ左手にカウンターがあり、奥へと広がっている館内。

カウンターにいた図書館司書の人が、怪訝そうな顔をあたしたちへ向けた。
　どう頑張っても、よそ者ということがすぐにバレてしまうようだ。
　あたしたちは怪しまれないよう、できるだけ堂々とした態度で館内を歩いた。
　小さな館内を歩き回っていると、図書館の従業員の女性に声をかけられた。
「何かお探しですか？」
　まだ20代くらいの若い女性は、あたしたちをジロジロと見ながらそう聞いてきた。
　あたしの体に緊張が走る。
「この町について調べたいんです」
　そう答えたのは寛太だった。
　寛太はいつもと変わらない口調だ。
「この町に……ついてですか？」
　女性はさらに怪訝そうな顔をして聞き返してきた。
　いきなりこんな小さな町のことを調べたいなんて言っても、簡単には信用してもらえない。
「そうです。俺たちまだ高校生なんですけど、今日は学校の校外実習で来ているんです」
　スラスラと、よどみなく嘘をつく寛太。
　校外実習という言葉を聞いて、女性の表情が少し緩んだ。
　チラリと女性の胸元を確認すると、ネームに【田村】と書かれている。

「そうだったんですね。この町のことを調べて発表するんですか?」
「そうなんです。あ、でもダメでしたら諦めて帰りますけど……」
　寛太の言葉にギョッとして目を見開いてしまった。
　ここまで来て諦めて帰るなんて、そんなこと考えてもいなかった。
「ちょっと待ってね」
　田村さんはあたしたちへ向けてそう言うと、いったんスタッフルームへと戻っていってしまった。
「ちょっと寛太!　なんであんなこと言うのよ」
　あたしはすぐに寛太へ詰め寄った。
「大丈夫だって。町のことを調べるって言っても嫌な顔はしなかったんだから」
「そうかもしれないけど、万が一ダメって言われたらどうするの」
「その時はこっそり調べるだけだろ」
　寛太がそう言った時だった、スタッフルームのドアが開き、田村さんが笑顔で戻ってきた。
「お待たせしました。大丈夫そうですよ。この町の資料がある棚へ案内します」
　そして、どこか上機嫌な様子で田村さんは言った。
「今夜はお祭りもあるんです。時間が大丈夫そうなら参加してみてくださいね」
　お祭りという単語に沙良が目を見開いた。

ネットで調べたあのお祭りのことかどうかはわからないが、その可能性はある。
「ありがとうございます」
　寛太が田村さんにお礼を言って、資料が並ぶ棚へと向き合った。

「今日ってお祭りなんだね」
　沙良が小さな声でそう言った。
「だけどスーパーの掲示板に張り紙はなかったよね」
　あたしは思い出しながらそう言った。
　この図書館のことは書かれていたけれど、祭りに関しては何も書かれていなかった。
　それに、今日は平日だ。
　平日に大きな祭りをやるとは思えない。
「祭り自体、この町にとって当然のことだとしたら告知する必要がないんじゃないか？」
　1冊の本を手に取っていた寛太がそう言った。
「そうなの？」
　ピンと来なくて首をかしげる。
　あたしたちの街にだって、毎年必ず行われている祭りはある。
　けれど、毎年必ず告知されていた。
「そんなお祭りなんてあるの？」
　沙良がそう聞くと、寛太が開いていた本のページを見せてきた。

そこには【100年続いた祭り】と書かれていて、白黒写真が載せられている。
　その写真からは、たくさんの人が輪になるように集まっているのがわかった。
　中央に何かがあるのかもしれないが、人ごみのせいで何があるのかわからない。
「【イケニエ祭り】毎年、今日行われていたらしい」
　本文を読み進めていくと、たしかに今日の日付が書かれている。
「冗談でしょ……」
　沙良が青ざめてそう言った。
「このタイミングでこの町に来るなんて、何かに導かれているみたいで気持ちが悪いな」
　寛太がそう言い、体を震わせた。
　さらに読み進めていくと、イケニエの存在の意味がわかってきた。
　この町は梅雨の時期になると大雨が降ることが多かったらしく、町の大きな川は氾濫を繰り返し、周囲の家や田んぼをダメにしてきたらしい。
　実りの雨が人々の生活を脅かしていたのだ。
　そんな時、若い女性が川に流される事故が起こった。
　しかし不思議なことに女性が川に転落した直後に大雨が止み、川の流れが穏やかになったらしいのだ。
　それからというもの、女性が川に流された日にイケニエを捧げるようになったようだ。

それが100年間も続いたというのだ。
　その記事を読んだあと、あたしは川沿いに立った地蔵を思い出していた。
　あの地蔵の数は100体はあるということだ。
　気が遠くなるような歴史。
　その時イケニエとなった女性の呪いが、現代になって拡散されているということなんだろうか。
「わかんねぇな」
　他の本を読んでいた寛太がそう呟いた。
「どうしたの？」
　そう聞くと、寛太は本から顔を上げた。
「今、町の祭りについて調べてたんだ。俺たちが聞いた歌のことも書いてあった。でも、その歌が作られたのも100年以上も昔のことなんだ」
「つまり、イケニエを捧げるようになってから、すぐに作られた歌ってこと？」
「そういうことになる。でも、それがどうして今頃、呟きサイトで拡散されてるんだ？」
　寛太もあたしと同じ疑問を感じていたようだ。
　呪いだとしても、その歴史が古すぎるのだ。
　今まで呟きサイトなどで呪いの動画なんて見たこともなかった。
　最近になり、突然出てきたように感じられる。
　本当に、この町とあの動画に関連性があるのだろうか？
　もしかしたら誰かがこの町のことを知り、呪いの動画と

して利用しただけなのかもしれない。
「ねぇ、2人とも」
　頭を悩ませていると、沙良が声をかけてきた。
　沙良も本を読んでいたけれど、あまり内容は頭に入ってきていないようだ。
「どうしたの?」
「お花を買わない?　100体分のお花を」
「あの地蔵にあげるのか?」
　寛太がそう聞くと、沙良は頷いた。
「なんの意味もないかもしれないけど、イケニエを知っちゃったから、何かしてあげたい」
　沙良の気持ちは理解できた。
　この町へ来て一番衝撃的だった光景だ。
　あの地蔵の数だけあの川で死んだ女性がいるのだから。
「わかった。そうしよう」
　寛太が頷き、あたしたちは図書館をあとにしたのだった。

祭り

　さすがに花を100本購入する余裕はなかった。

　帰りの電車賃を考えると、野花を摘むくらいしかあたしたちにはできない。

　あたしたちは田村さんに花を供えたいと説明し、丘の上までやってきていた。

　ここにはたくさんの花が咲くのだそうだ。

　時期的にまだ少し早いかもしれないと言われていたけれど、そこには白い花がたくさん咲き誇っていた。

　丘一面の白い花に思わずため息が出る。

「キレイ」

　沙良も立ち止まり、そう呟いた。

　呪いの動画のことなんて忘れてしまいそうになる。

「早咲きのコスモスだね。だけど白色ばかり見るなんて初めてかも」

　あたしはそう言いながら、背の高くなったコスモスを1本千切った。

　風が吹くと丘全体のコスモスが揺れて、とても幻想的に見える。

「なんか、摘むのがもったいねぇな」

　寛太が珍しく乙女みたいなことを言っている。

　あたしたち3人は100本のコスモスを摘みながら、他愛のない会話をした。

昨日のテレビとか、どうやって家を抜け出してきたのかとか、呪いとは無関係な話に花を咲かせた。
　辛いことは忘れて、ずっとここにいたいと思える景色だった。
「ここからだと町全体が見渡せるんだね」
　100本のコスモスを摘み終わった時、沙良がそう言った。
　丘の端に設置されている木製の手すりの向こうには、町が見えた。
　小さな駅もスーパーも、さっきまでいた図書館も見える。
　駅の近くにはあの川が見えていた。
　ここからでも、川の両端に立つ灰色の地蔵がよく見えた。
「早く行こう。お祭りがはじまる前に」
　沙良がそう言い、コスモスを握りしめた。
　風が少し強くなり、雨雲が近づいている気配がしていた。

　あたしたちが花を供え終えた頃、ちょうど祭りの準備も終わっていた。
　川べりにズラリと並んだ屋台。
　川をまたぐようにかけられた提灯。
「なんだかすごく盛大だね」
「本当だな。こんなに露店が並ぶとは思ってなかった」
　寛太が露店を見回してそう言った。
「今日は平日なのに、明るいうちからからこんなに人が出てくるんだね」
　沙良がそう言った。

「さっきトイレを借りにスーパーに行ったら、もう閉店してたぞ」
　寛太の言葉にあたしと沙良は目を見開いた。
　まだ２時半くらいだ。
「今日はお祭りだから、みんな途中から休みになるのかもしれないね」
　この町を知った今、この祭りがとても重要だということは理解しているつもりだった。
「それなら学校も早く終わるよね。だから全員参加できるんだ」
　沙良がそう言った。
　そうなのかもしれない。
　この町には学校はないけれど、仕事が早く終わるくらいなら町の子どもたちも早く帰ってくるのだろう。
　あたしたちは河川敷へ下りて、日陰に腰を下ろした。
　どこからともなく、動画の中のあの歌が聞こえてくる。
　録音されたテープが流されているのだろう。
　それは何度も何度も繰り返し聞こえてきた。
「円のホームページが更新されてる」
　スマホを確認していた寛太がそう言った。
「なんて書いてあるの？」
　あたしと沙良は寛太を挟むように座ってそう聞いた。
「動画を配信しながら死んでいった男について書かれてる。知り合いに頼んで画像を解析してもらったけれど、作り物ではないらしい」

床に何度も叩きつけられる男を思い出すと、胃がキュッと締めつけられた。
「いつでも見られるようにスクリーンショットを撮っておこうか」
　寛太がそう言い、スマホを操作する。
「学校については？」
　沙良がそう聞いた。
「それは書かれてないな。今日は休校だし、さすがに、ホームページには書けないんだろう」
「それなら、円か博樹に直接連絡してみようよ」
　あたしはそう言い、スマホを取り出した。
　どちらに電話をするか少し悩んだけれど、博樹に電話をすることにした。
　沙良のことを心配しているだろうから。
　しかし、10回ほどコール音が鳴っても博樹は電話に出なかった。
「今、電話に出られないみたい」
　あたしはそう言い、電話を切った。
「もしかしたら、学校の様子を見に行ったのかも。大丈夫なのかな……」
　沙良が不安そうな顔を浮かべている。
「仕方ないだろ。俺たちには、俺たちにできることをするしかない」
　寛太が言う。
「そうだよね……」

「雨、降るのかな」

　沙良が空を見上げてそう呟いた。

　頭上には黒い雲が広がっている。

　けれど少し視線を変えれば青い空も見えている。

　降るとしても、通り雨で済みそうだ。

　不意に川へと視線を落としてみると、空の色が映って黒く見えた。

　それはイケニエとなった女性たちの真っ黒な感情に見えて、寒気がした。

　今にも川の中から白い手が出てきそうだ。

　助けて。

　そう言いながらあたしの足を掴んで、引きずっていってしまうんじゃないか。

　そんな恐怖がよぎった。

　それから数時間後。

　辺りはまだ明るかったけれど、人がたくさん集まってきていた。

　あたしたちが考えていたとおり、学校も早く終わったようだ。

　小さな町だと思っていたけれど、1か所に人が集まればすごい人数になる。

　河川敷にもたくさんの人たちが溢れ、歩く場所もないくらいだ。

「すごいね」

人々の熱気に汗が滲んできて、あたしはそう言った。
「これがこの町の祭りかぁ」
　寛太は感心したように周囲を見回している。
「みんなこの日には必ずここへ来るんだね。それが徹底されてる」
　沙良がそう言った。
　中には、生まれたばかりの赤ん坊を抱っこしている女性までいる。
　熱さで泣き出す赤ちゃんを、周囲の人も含めてみんなであやしている。
　昼間は小さかった音楽も、今では大音量で流されている。
　あの、イケニエのために作られた悲しい歌だ。
　こんな華やかな場所では不似合いな歌なのに、みんな気にしている様子はない。
　あたしたちは出店を巡り、とりあえず腹ごしらえをした。
　祭りが何時まで続くのかわからないけれど、この熱気はすぐには冷めそうにはなかった。
　晩ご飯代わりのたこ焼きを食べ終えた頃、花火が打ち上げられた。
　花火に歓声が上がる。
「あの花火が打ち上がってる場所って、丘の上かな？」
「そうかもしれないな。上がる場所がやけに遠いしな」
　寛太が焼き鳥を食べながらそう答えた。
「あの丘の上からなら、この町のどこにいても花火を見ることができるからだよ」

屋台のお兄さんがそう教えてくれた。
どこにいても花火が見えるように……。
それは、イケニエとして流されてしまった女性たちにも見えるように。
という意味なのかもしれない。
花火のあとは灯籠流しの時間だった。
各自それぞれ持ち寄った、色とりどりの灯籠が川へと流されていく。
その時は周囲はとても静かになり、あの歌だけが聞こえてくるような状況だった。
川を流れていく灯籠はとてもキレイなはずなのに、どうしてだか胸が締めつけられた。
この灯籠の数だけ、イケニエの悲鳴があったんだ。
この灯籠の数だけ、イケニエの苦しみがあったんだ。
そう思うと、素直にキレイだと喜ぶことができなかった。
気がつけば、あたしは川へ向けて手を合わせていた。
たくさんの人がここで死んだ。
その魂が少しでも救われますようにと……。

拡散される

　翌日。
　あたしたちは宿泊施設の1室で目を覚ました。
　祭りが終わる頃にはすっかり電車もなくなっていたため、急きょ寝る場所だけ準備してもらったのだ。
　宿泊施設と言っても、この町に泊まる客人は滅多にいないため、その外観は廃墟同然だった。
　けれど、あたしたちが泊まるということで、町の人たちはすぐにカギを開けてくれた。
　6畳にあたしと沙良、隣の4畳の部屋に寛太が泊まった。

「この町の人たちはみんな優しいね」
　昨晩、部屋の窓から町の様子を見つめて沙良が言った。
「そうだね。みんなすごく親切だよね」
　あたしはそう返事をした。
「正直さ、イケニエがあった町っていうから、もっと閉鎖的なのかと思ってた」
「そうだね。あたしたちにはあまりに無縁な話だもんね」
　あたしは沙良の言葉に頷いてそう言った。
「イケニエのために町の全員が集まってお祭りをして……それでも呪いは解けないのかな」
　『呪い』という言葉に、あたしは一瞬だけ言葉に詰まってしまった。

ここは出会う人すべてが優しくて、いつまでもいたいと思える町だった。
　けれど、あたしたちの目的は呪いを解くことなんだ。
　この町が発端となっている、砂嵐の動画の呪いを……。
　時計の針が夜の12時を指した。
　同時に沙良のスマホが震え、沙良がビクリと体を震わせて手の中のスマホを見つめた。
「沙良……」
　あたしは沙良の背中にそっと手を当てた。
　12時をまたいでピッタリに来るメールなんて、嫌な予感しかしなかった。
「大丈夫だよ」
　沙良はそう言い、深呼吸をしてスマホを確認した。
　同時に、沙良の顔が歪んだ。
「見せて」
　あたしはそう言い、沙良からスマホを受け取って画面を確認した。
　そこに表示されていたのはあの砂嵐の動画で、最後に【残り１日】と書かれている。
　メール拒否をしても、カウントダウンは止まっていない。
　沙良が自分の体を抱きしめてうずくまった。
　死の恐怖が目前まで迫っているのだ。
　あたしは後ろから沙良の体を抱きしめた。
　その体は見た目以上に震えていて、寒いのかと勘違いしてしまうほどだった。

「大丈夫だよ沙良。どうにかしよう」
　大丈夫だなんてなんの根拠もない言葉だった。
　けれど今のあたしにできることなんて、そのくらいのことだった……。

　そして今、あたしは沙良の体を抱きしめたまま朝日を見ていた。
　山間から覗く朝日は嫌味のようにキレイで、太陽の光でキラキラと輝く川の水面も、驚くほど素敵だった。
「朝だね」
　沙良が小さな声でそう言った。
　昨日は一睡もしていなかったけれど、眠気はなかった。
　沙良を守りたい。
　その気持ちだけで起きていられた。
「そうだね」
「寛太はまだ寝てるかな？」
「どうかな。あいつ寝坊助だからね」
　あたしはそう言い、小さく笑った。
　すると沙良も笑ってくれた。
　その頬は涙で濡れて水面と同じように輝いていたけれど、あたしは気がつかないフリをした。

　それから数時間後。
　あたしたちは、宿泊施設をあとにして川へと移動してきていた。

昨日の祭りは嘘のように静まり返っている。
　あれだけ賑やかだった露店も、すでにすべて撤去されている。
「なんだか寂しいな」
　寛太がため息交じりにそう呟いた。
「祭りのあとのなんとかって感じだね」
　あたしがそう言うと、沙良が「そうだね」と、頷いた。
　河原には、昨日流されきれなかった灯籠がいくつか打ち上げられている。
「これ、流してあげようよ」
　沙良が灯籠の１つに近づいてそう言った。
　それは、ひまわりの絵が描かれているかわいらしい灯籠だった。
　小学生くらいの子が書いたようで、隅には名前も書かれている。
「そうだね」
　１つでも多くの灯籠が死者へと届けばいい。
　そしてその気持ちを鎮めてほしい。
　その願いで、あたしたちは打ち上げられた灯籠を川へと流した。
「何してる」
　その声にハッとして振り向くと、祭りの時に声をかけてきてくれた屋台のお兄さんが立っていた。
　昨日は暗くてよく見えなかったけれど、筋肉質でよく日焼けをしている。

一見ボクシングでもやっていそうな風貌だ。
「ごめんなさい。灯籠が引っかかってたから気になって」
　寛太がすぐにそう言い、頭を下げた。
「あぁ、そうだったのか。すまないな。いつもは俺が流してやるんだが、今日はキミたちが先に来てたから何をしているのか気になってな」
　男性はそう言い、人懐っこい笑顔を浮かべた。
　怒ってはいなさそうで、あたしたちはホッと安堵のため息を吐き出した。
「勝手なことをしてすみません」
　あたしと沙良はそう言って頭を下げた。
「いや、いいんだ。ときどき灯籠にイタズラする不届き者がいるから、それを心配しただけだ」
「そうだったんですね」
　意外な気持ちであたしは言った。
　昨日は町中の人たちがここへ来て、お祭りを大切にしているように見えたからだ。
「こんな祭りをしたって死者は報われない。そう思っている奴もいるんだよ」
「そうなんですか？　でも、昨日はあれだけの人が集まってましたよね？」
　沙良が食い下がるようにそう聞いた。
「町中の人全員……ではないんだ。参加しない奴もいる」
　その言葉に、あたしと沙良は目を見交わした。
　お祭りに参加しない人。

それはいったいどんな人なんだろう。
「おっと。もうこんな時間だ。じゃあ、観光楽しんでいってな」
　まだ話を聞きたかったけれど、男性はそう言って戻っていってしまったのだった。
「昨日のお祭りに参加していない人って、誰なんだろう」
　男性の背中を見送りながら、沙良がそう言った。
「わからない。でもきっと……」
　そこまで言い、あたしは口を閉じた。
　お祭りに参加していない人は、家族や親友、恋人などがイケニエとして捧げられた人なんじゃないか。
　そう思ったのだ。
　被害者に近しい人なら、いまだにこのお祭りに参加する気になれない気持ちはよくわかる。
　あたしだって、もし沙良や寛太がイケニエとされていたらと考えると、とても町の人たちを許す気にはなれないだろう。
「おい、これ」
　あたしの思考回路を遮断するように、寛太が声をかけてきた。
　見ると、スマホの画面を青ざめた顔で見つめている。
「どうしたの？」
　あたしと沙良は寛太を挟むように立ち、そのスマホを見つめた。
　博樹からのメッセージが表示されている。

【連絡が遅れて悪い。今朝学校へ行ったら突然殴り合いのケンカがはじまって、大変なことになった。授業中に動画を拡散したヤツがいるらしくて、呟きサイトを退会しそびれた連中のほとんどに回ってきてる。それで昨日に続き、今日から3日間学校は休みになった。俺もこれからそっちへ向かおうと思う】

　学校は大変なことになっているようだ。切羽詰まった博樹の様子が目に浮かんでくるようだった。
「拡散は止まってないみたいだ。昨日よりひどいかもしれない」
　寛太の言葉に沙良の顔が一瞬にして青ざめる。
　あたしたちがこの町に来てから、どのくらいのペースであの動画が拡散されているのだろうか。
　あたしはすぐにスマホを取り出し、呪い動画について書かれていたサイトにアクセスした。
【やばいやばいやばい！　マジで本物だこれ！】
【俺の友達もこの動画が送られてきてすぐに死んだ】
【どんどん拡散されて広まってるぞ！】
【呟きサイト退会したら？】
【退会したって動画は追いかけてくる！　一度自分のところまで回ってきたら、もうおしまいだ!!】
　1時間に何千件という書き込みがされているのを確認して、あたしは唖然としてしまった。
　呟きサイトからはじまった呪いの動画は、あっという間に日本国中に広まってしまっているようだ。

沙良は気分が悪くなったのか、青い顔のまま座り込んでしまった。
「博樹が来てくれるなら動ける範囲も広くなる」
　寛太が、沙良を安心させるようにそう言った。
「博樹自身は大丈夫なの？」
　あたしはそう聞いた。
「何も書かれてなかったな……。でも、博樹ならきっと呟きサイトを退会してるだろ」
　それならいいけれど……。
「円は？」
　沙良が聞いてくる。
「円には、あたしから連絡を取ってみる」
　あたしはそう言い、２人から少し離れた。
　円は電話に出てくれるだろうか？
　不安を感じながらコールすると、すぐに電話に出た。
「もしもし円？」
《イズミ？　よかった、無事なんだね》
　ホッとしたような円の声が聞こえてくる。
「こっちは大丈夫だよ。学校、大変なことになってるんでしょ？」
《うん……》
　円の声が暗くなる。
「円どうしたの？　何かあった？」
《じつはね、イズミ……。あたしのところにも動画が拡散されてきた》

円の言葉にあたしの頭は一瞬、真っ白になっていた。
　円のところにも拡散されてきた？
　どうして？
　そう思うのに、なかなか声にならなかった。
「な……んで……？」
　ようやく、そう聞いていた。
《真実を知るために、あたしは呟きサイトを退会しなかったの》
　円の言葉に世界が歪んだような気がした。
　円が取り扱う噂話はどれも信憑性の高いものばかりだ。
　今回の動画を調べるために、退会はしなかったんだろう。
　だけど「なんで退会しなかったの！」思わずそう怒鳴っていた。
《ごめんイズミ。だけどあたしは本当のことが知りたかった》
「だからって……！」
　こんなにも危険な動画が拡散されていると、知っていたのに！
《聞いてイズミ。あたしに回ってきたのは今日だった。カウントダウンがはじまるのは明日からで、まだ猶予がある》
　円の言葉を聞きながらも、しっかりとは聞き取れていなかった。
　悲しさと悔しさが込み上げてくる。
　意地でも円のスマホを奪って退会させておけばよかったんだ！

《あたしはこっちで引き続き調べものを続けるから、あたしのホームページをちゃんと確認して参考にして動いてほしい》
「円……」
《しっかりしてイズミ！ 沙良の命はもう残りわずかなんでしょ!?》
 円の怒鳴り声にハッと息をのむ。
《呪いを解かなければ沙良は死ぬんだよ！》
「……そうだよね」
 ここでグズグズしている時間はない。
 あたしは涙をグッと押し込めた。
「待っててね円。必ず呪いを解いてそっちに帰るから！」
 あたしは力強い声でそう言ったのだった。

合流

　寛太が博樹にあたしたちの今の状況を説明すると、すぐに合流するということになった。
　すぐにといっても、あたしたちが暮らしている街からここまでは3時間はかかる。
　途中から電車の乗り換えも困難になってくるから、博樹がここに到着する頃には昼を過ぎているだろう。
　それまでに何かできることがないかと、あたしたちは再び図書館へと足を運んでいた。
　昨日の賑わいは嘘のように、図書館にも4〜5人の人しかいなかった。
「祭りのあとは、みんな会社とか学校とかで忙しいのよ。昨日の分を取り返したいのね、きっと」
　昨日、資料の場所を教えてくれた田村さんがそう言っていた。
　仕事や学校がきつくなるにもかかわらず、ほとんど全員が参加しているお祭り。
　不参加だったのは誰なんだろうか。
　その話を田村さんにしようとしたのだが、別の利用者さんに呼び止められそっちへ行ってしまった。
　仕方なく、あたしたちはそれぞれこの町の資料を手に、席に座った。
　とても静かな館内。

３人の呼吸音ですら、うるさく感じられてくる。
「この本には、イケニエになった100人分の名前が書かれてるぞ」
　寛太がそう言って分厚い本を広げてみせた。
「そうなんだ……」
　これを読んでいけば、お祭りに参加しなかった人物を特定できるかもしれない。
　けれど、それは気の遠くなるような作業だった。
　100人分の名前とその関係者を調べるなんて、あたしたち３人でできる作業じゃない。
「この本、貸してもらおうか」
　そう言い出したのは沙良だった。
「借りてどうするの？」
「そこに書かれている名前と、地蔵に掘られている名前を確認していくの。ちゃんと100人分あるのかどうか」
　その言葉に、あたしは一瞬息をのんだ。
「これだけ供養しているのに、供養されていない人がいるかもしれないってこと？」
　そう聞くと、沙良は表情を歪めて頷いた。
「だって、もうそれくらいしか思いつかないよ……」
　たしかに昨日、地蔵に花をあげていったけれど、ちゃんと数を数えていたわけではない。
　１体足りなくても気がつかない。
「それなら余計に人手が必要だろ。博樹が来るまでここで待機していよう」

寛太の言葉に、あたしは頷いたのだった。

　それから数時間、あたしたちは図書館で時間を潰して駅へと移動をはじめていた。
「博樹はタイミングよく電車に乗れたらしい」
　スマホを確認して寛太がそう言った。
「そうなんだ」
　そう返事をしたところで、電車の音が近づいてくる。
　見るとオレンジ色の電車が駅に停車するところだった。
　きっとあれに乗っているんだろう。
　駅の外で待っていると、数人の乗客とともに博樹の姿が見えた。
「博樹！」
　小さな駅だから少し声を上げればすぐに届く。
　寛太の声に気がついた博樹が走ってきた。
「寛太！　沙良とイズミも大丈夫か!?」
　そう言った博樹の顔は青ざめている。
「あぁ。博樹、お前大丈夫か？」
　寛太に聞かれて、博樹は表情を歪めた。
「大丈夫なもんかよ……」
　弱々しい声でそう言い、今にも泣き出してしまいそうな顔になる。
「学校内はメチャクチャだ。拡散したって意味がないって言っているのに拡散が止まらない。助かるための最後の手段だと思ってる奴も多い」

「そっか……」
　沙良がうつむいた。
　あの動画には【拡散希望】と書かれているから、そう思い込んでしまっても仕方がないかもしれない。
「日本のあちこちで同じ事態が起こっているとすれば、あの動画で死ぬ人がどれだけの人数になるか……」
　そう考えただけで、体が震えた。
「博樹は退会してるんでしょ？」
　あたしはそう聞いた。
　しかし、博樹は苦笑いを浮かべただけだった。
「まさか、お前……」
「沙良1人に辛い思いをさせたくない」
　博樹はキッパリとそう言いきったのだ。
「退会してないの!?」
　沙良が大きな声でそう言った。
「……ごめん」
　申し訳なさそうにそう言う博樹を見ていれば、すでに博樹の元にも動画が回ってきているのだと理解できた。
「あと何日なの？」
　沙良が震える声でそう聞いた。
「俺はまだ4日ある」
　『まだ4日』という言い方に胸が痛んだ。
　博樹も円も、動画から逃げずに立ち向かっている。
　そして、まだ希望を持っているんだ。
「寛太。場所を移動して話をしよう」

あたしはそう言って、4人でスーパーへと移動したのだった。

「川沿いの地蔵を見ただろ？」
　ベンチに座り、寛太が博樹へ向けてそう聞いた。
「あぁ、見た。名前が彫ってあった。あれがこの町のイケニエになった人たちか？」
「そうだ。イケニエの人数は100人。あの地蔵の数もちょうど100体あるはずなんだけど……こうして呪いは息づいている。ということは、供養されていない人がいるのかもしれないってことなんだ」
　寛太が早口でそう説明した。
「なるほど。昔のイケニエ制度が現代に呪いとなって表れているのは、ちゃんと供養されていないからか」
　博樹はそう言い、何度も頷いた。
　自分自身を納得させているようにも見えた。
「そこで、俺たちは地蔵の名前とイケニエ被害者の名前を照らし合わせていくつもりなんだ」
　寛太がそう言い、図書館で取ってきたイケニエの名簿のコピーを見せた。
　100人……。見ているだけで気が滅入ってきてしまう。
　ここに書かれている全員があの川で死んでいったなんて、信じられないくらいだ。
「そうか。時間がかかりそうだから早くしたほうがいいな」
　博樹はそう言って立ち上がった。

「もう行くのか？　昼飯は？」
「そんなの食ってられねぇよ」
　そう答えた博樹だけれど、寛太はそれを制止した。
「お前、朝も食ってねぇだろ」
「当たり前だろ。食欲なんてねぇんだって」
「少しくらい食わないとダメだ。集中力が切れて作業に支障が出るかもしれない」
　寛太の言葉に、博樹はため息を吐き出した。
　ご飯どころじゃないことはよくわかる。
　あたしだって、ここへ来てからは半ば無理やりご飯を食べているような状態だ。
　けれど、食べることで気持ちは落ちつくのだ。
「少しだけ食べていこうよ」
　沙良がそう言うと、博樹は渋々頷いたのだった。

1体だけ

　寛太のこだわったご飯の効果が出たのかどうかわからないけど、地蔵に彫られた名前とイケニエの名前を確認していく作業はスムーズに進んでいた。
　あたしと沙良で川の南側。
　寛太と博樹で川の北側を調べている。
　名簿は、それぞれが確認できるよう人数分コピーをしてあった。
「キレイにされてるよね」
　自分たちの街に立てられている地蔵と比べてみても、この地蔵はとても手入れがされている。
　草も生えていないし、コケがついているような地蔵も1つもない。
　普段から町の人たちが掃除をしているのがよくわかる。
「そうだね。でもこれだけキレイにされてても、イケニエにされた人が報われるわけじゃないよね」
　沙良が沈んだ声でそう言った。
「そうだね……」
　あたしはなんと返事をすればいいのかわからなくて、中途半端に頷くしかできなかった。
　自分から望んでイケニエになった人なんて、きっといないだろう。
　怖くて苦しくて冷たくて。

そんな悲惨で辛い気持ちで死んでいった人が、ほとんどだろう。
　供養しても供養しても供養しきれない死者の魂も、存在しているかもしれない。
「あたし、明日死ぬのかな」
　不意に呟いた沙良の言葉が、一瞬あたしの時間を停止させる。
　沙良の髪だけが、時間とともに風に揺れているように見えた。
「何……言ってるの？」
　今までにないくらい自分の声が震えている。
　沙良が死ぬかもしれない。
　それが明日に差し迫っているという事実が、重たくのしかかってくる。
「寛太やイズミとここまで来て、もしかしたら呪いの出所がわかるかもしれないと思ったけど……。明日がタイムリミットなんだもん。もう、遅いよね」
　沙良がそう言ってほほ笑んだ。
　なんで笑うの？
　なんでこんな状況で笑えるの？
　消えてしまいそうな沙良の笑顔に、胸が張り裂けそうだ。
　あたしは沙良が消えてしまわないように、その手をきつく握りしめた。
　大丈夫。沙良はまだここにいる。
　消えるなんてありない。

自分自身を安心させるために、何度もそれを確認した。
「まだ終わってないよ‼」
　　　思わず声が大きくなった。
　　　沙良が驚いた顔を浮かべている。
「まだ終わってない！　沙良はこうして生きてるし、もう少しで呪いの出所まで辿りつくかもしれないじゃん‼」
　　　言いながら、あたしは泣いていた。
　　　沙良に諦めてほしくなかった。
　　　明日死ぬなんて、思ってほしくなかった。
　　　沙良は生きている。
　　　ずっとずっと、何日後も、何年後も生きている。
「イズミ……」
　　　ほほ笑んでいた沙良の表情がグニャリと歪んだ。
　　　そして次の瞬間あたしに抱きついてきて、大声で泣きはじめた。
　　　今まで我慢していた分が一気に溢れ出しているのが、あたしにも伝わってきた。
「大丈夫だから。大丈夫だよ沙良」
　　　何度も何度もそう言って、沙良の背中をさすった。
　　　少しでも沙良の気持ちが軽くなりますように。
　　　そう、願って……。
　　　沙良が泣いていたのはほんの５分ほどだった。
　　　大声で泣いた沙良は、真っ赤な目をしてほほ笑んだ。
「ごめんねイズミ。服、濡れちゃって」
「なに言ってんの。落ちついたらそれでいいから」

沙良の背中をポンポンとあやすように撫でる。
　すると沙良は照れくさそうに頬を赤らめた。
「ほら。地蔵の名前を確認していかなきゃ」
「うん。そうだね」
　再び2人で作業へ戻ろうとした時だった。
「おーい‼」
　という声が聞こえてきてあたしと沙良は振り向いた。
　見ると、寛太と博樹の2人が橋を渡ってこちらへ走ってきているのが見えた。
「どうしたんだろう」
　あたしは呟き、沙良の手を握りしめて歩き出した。
「まさか、もう見つかったとか？」
　これだけたくさんの地蔵があるのに、そんなに早く見つけられるとは思えなかった。
　けれど、2人の様子を見ていると期待が膨らんでいく。
　気がつけば、あたしも沙良も小走りになって2人の元へと急いでいた。
「どうしたの？」
「妙な地蔵を見つけたんだ」
　息を切らしながら寛太がそう言った。
「妙な地蔵？」
　あたしはそのまま聞き返した。
「あぁ。歩道側に立てられた地蔵を3体見つけた」
「歩道側に……？」
　地蔵はすべて、川に沿うようにして建てられている。

「それって、別の地蔵じゃない?　事故とか」
　沙良がそう言った。
「そうかもしれない。でも、その中の1体だけ手入れがされてなかったんだ」
　博樹がそう言った。
　あたしと沙良は目を見交わした。
　ここにある地蔵はどれもキレイだ。
　それなのに、1体だけ手入れがされていないのはたしかに妙だった。
　たとえイケニエとは関係のない地蔵だったとしても、近くにあることがわかっているのなら、同じように手入れしてもよさそうだ。
「地蔵に彫られてた名前は、この人だった」
　寛太はそう言い、スマホのメモを表示させた。
　そこには【冨福ミズキ】と、書かれていたのだった。
「歩道側の他の2体の地蔵も、冨福って苗字の人だった。もしかしたら、家族かもしれない」
　寛太の言葉に、あたしと沙良は目を見交わした。
　何かありそうな気配がする。
「しっかり調べてみよう」
　沙良がそう言い、あたしたちは頷いたのだった。

　あたしたちはいったんスーパーへ戻り、手元のコピーで冨福ミズキという女性がイケニエになっていないかと調べはじめた。

100という数の中から1人を探すのは大変だったけれど、4人集まっているので5分ほどで終わっていた。
「いないね……」
　すべてを確認し終えて、あたしはそう呟いた。
　そう、イケニエの名簿の中に冨福ミズキという名前はなかったのだ。
　地蔵も離れた場所にあったし、やっぱり今回とは無関係な人物なのかもしれない。
　けれど、引っかかることが1つだけあった。
　あの地蔵だけ汚れてしまっているという点だった。
　まるであの地蔵だけ無視をされているような、そんな違和感があった。
「あの出店のお兄さんなら何か知ってるかも」
　そう言ったのは沙良だった。
「そうだね。あの人は町のことにも詳しそうだし、教えてくれるかもしれない」
　あたしは頷く。
　けれど、あのお兄さんがどこの人なのか、名前もわからないままなのだ。
　屋台を出していた若い男性というだけで探すのは、難しそうだ。
「それなら、もう一度図書館へ行ってみよう。もう夕方だし、人が増えてるかもしれない」
　寛太がそう言った。
　図書館にいれば、この町のことをもっと詳しく知ること

ができる。
　それに、人に話を聞くことも可能だ。
「そうだね。この女性の名前だけじゃ何もわからない。とにかく、今は行動し続けるしかないもんね」
　沙良がそう言い、一番に立ち上がった。
　その表情は、決意に満ちていた。
　さっき思いっきり泣いたことで、少しスッキリしたのかもしれない。
　それからあたしたち４人は図書館へと向かった。
　そろそろ電車に乗らないと、この町の最終電車も早い。
　けれど、ここで帰るわけにはいかなかった。
　なんならもう１泊して、とことんまで調べるつもりでもあった。

「あら、また来たの？」
　図書館の田村さんともすっかり顔なじみになってしまって、あたしたちが入っていくと笑顔で迎えてくれた。
「すみません。少し知りたいことがあるんです」
　あたしは、おずおずとそう切り出した。
　人の生き死にについて話すことは気が引けるけれど、仕方がない。
「何？　あたしが知ってることなら、なんでも言って？」
　田村さんはそう言い、大きなテーブルへと向かった。
　あたしたちは向かい合うようにして座り、沙良がペンとメモを取り出してくれた。

「なんだかインタビューみたいで緊張するわね」
　そう言って笑う田村さん。
「あの、この町には昔イケニエ制度があったんですよね？」
　あたしがそう聞くと、田村さんは頷いた。
「そうよ。この町の歴史を読んだのなら、それは間違いないことよ」
「あの川に女性を流していた」
「ええ。昔はあの川がよく氾濫して、死者も大勢出ていたの。けれどある時、若い女性が川に流されてしまった。その人は運悪く救出されることなく亡くなってしまったんだけど、その年は川が氾濫することがなく、作物にも被害が出なかったの」
　田村さんの話は本で読んだとおりのものだった。
　これほどスラスラと教えてくれるということは、隠すべき歴史ではないということなんだろう。
　イケニエがあったのは遥か昔のことという認識なのだ。
　毎年お祭りを行い、死者の魂も鎮めている。
　だからこそ、学校の課題で調べたいと嘘を言っても許してもらえたのだ。
「私はイケニエがあった時代のことを知らないけれど、その時代の話は、いろいろな大人たちから聞いたのよ。絶対に忘れちゃいけない歴史だからって。地蔵の手入れもね、町全体で行うのよ。1つ1つ丁寧に、感謝の気持ちを込めて掃除するの」
「そうですよね。地蔵はどれも掃除が行き届いていて、と

てもキレイでした。でも……」
　そこまで言って、あたしは寛太を見た。
　寛太が小さく頷く。
「1つだけ、手入れのされていない地蔵がありました」
「え？」
　あたしの言葉に田村さんは驚いたように目を丸くした。
「そんなはずないわよ。ちゃんと当番制にして、ひと月に1回手入れしているもの」
「手入れされていない地蔵は、少し離れた場所にありました。歩道側です」
　あたしがそう言った瞬間、田村さんの顔色が変わった。
　一瞬にして青ざめて、視線が定まらなくなる。
　その豹変ぶりは、こっちが驚いてしまうほどだった。
　聞いたらいけないことだった。
　あたしたちは確信した。
「……そんな地蔵は見たことがないわ」
　田村さんはそう言い、席を立った。
「待ってください！　まだ聞きたいことがあるんです！」
　寛太が慌てて止めるけど、「……ごめんね。そろそろ仕事に戻らないと」と、そそくさと逃げていってしまったのだった。
　田村さんの態度は明らかにおかしかった。
　それ以降も何度か話を聞こうと試みたけれど、田村さんはあたしたちと視線が合うと、その場から逃げ出してしまうのだ。

絶対に話したくない何かがあるのだろう。

「外へ出よう」
　図書館が閉まる５分前になり、寛太が席を立った。
「でも、まだあの地蔵のことが聞けてないよ」
　あたしがそう言うと、寛太は左右に首を振った。
「そうだけど、ここにいても収穫はなさそうだろ」
「それなら、町の人に聞いてみようよ」
　沙良がすぐさまそう言った。
「俺も、沙良の意見に賛成だ」
　博樹が頷いてそう言った。
　それから外へ出て他の人たちにあの地蔵について聞いてみたけれど、誰もが一様に『知らない』と答えた。
　まるで町中で口裏合わせでもしているような状態に、不穏な空気が感じられた。
「誰も知らないなんて、絶対に嘘」
　沙良が強い口調でそう言った。
「そうだよね。町ぐるみで何か隠してるよね」
　あたしは沙良の意見に賛同してそう言った。
「だけど、何を隠してるのかわからないから、どうしようもない……」
　博樹が落胆した声でそう言った。
　いつもなら、みんなが落ち込んでいる時には笑わせてくれるのに、今の博樹にそんな余裕はなかった。

そして終電間際、あたしたちの宿泊施設を用意してくれたお兄さんと偶然、道ですれ違った。
「昨日はありがとうございました」
　寛太がすぐに頭を下げてそう言った。
「そんなにお礼を言うことはないよ。それより、もうすぐ終電時間だ。早く行ったほうがいい」
　お兄さんが腕時計で時間を確認してそう言ってきた。
　あたしたちは目を見交わす。
「じつは、この町にもう1泊したいんです」
　そう言ったのは沙良だった。
　もう少しで何かが掴めるかもしれないのだ。
　明日には何かが変わっているかもしれない。
　ところが、返ってきた言葉は意外なものだった。
「悪いけど、今日は宿泊施設に先約があって泊めてあげられないんだ」
　その言葉に、あたしと寛太は目を見交わした。
　昨日、宿泊施設に泊まった時は、もう長年使われていないと聞いていた。
　今日、宿泊者がいるとも聞いていなかったし、あの建物は2階建てだ。
　あたしたちが泊まるくらいの部屋は残っていそうなものだった。
　つまり、もうこの町から出ていってほしい、ということなんだろう。
　さっきから町の人たちにあの地蔵について質問している

から、情報が回ってきているのかもしれない。
　あの地蔵と呪いの関係はわからないけれど、こんな中途半端な状況で逃げるように帰るなんてできなかった。
　それなのに……。
「わかりました」
　寛太が素直にそう言ったのだ。
　博樹が驚いた顔を浮かべている。
「おい、なんでだよ寛太」
「仕方ないだろ。今日は泊まる場所がないんだ。大人しく帰るしかない」
　そう言いながら、すぐに歩きはじめる寛太。
　あたしたちは慌てて寛太を追いかける。
「待って寛太、あたしまだ──」
　沙良が何か言いかけるのを寛太が止めた。
「本当にお世話になりました。ありがとうございました」
　寛太は一度振り返り、お兄さんへそう言って頭を下げると、再び歩き出してしまったのだった。

　こんなに時間をかけても、結局何も見つけることができなかった。
　その悔しさに下唇を噛みしめる。
「宿泊施設に行ってみよう」
　不意に、前を歩いていた寛太がそう言い出した。
「え？　でも、今日は先約があるって……」
　沙良が戸惑った声を出す。

「あんなの嘘に決まってるだろ。でも、一応確認はしておこう」
　あたしたちが昨日泊まった宿泊施設は、町の中央付近にあった。
　小さなお店などが多く立ち並んでいるが、この時間はほとんどの店が閉店している。
　そして宿泊施設まで来た時、あたりは真っ暗だった。
　窓からの明かりも漏れていない。
　誰もいないことは一目瞭然だった。
「あの地蔵の話を持ち出した途端、町から出ていけって態度になったよな。あの地蔵には絶対に何かある」
　寛太が宿泊施設を確認してそう言った。
「それを調べたくても、あたしたちは今日泊まる場所がないよ」
　あたしはそう言った。
　さすがに、このまま野宿というわけにはいかない。
　宿泊施設も今日は開けてもらえそうにない。
「そういえば、駅の反対側に空き家が何軒かあったみたいだけどな」
　ふと思い出したように博樹が言った。
「空き家？」
　沙良が聞き返す。
「あぁ。電車の窓から見えたんだ。結構大きな家だけど、ツタが絡まって手入れされてない感じだった」
　誰の許可もなく空き家へ入ることは犯罪だ。

けれど、今はそんなことを言っている場合ではなかった。
　背に腹は代えられない。
　明日沙良は死ぬかもしれないのだから、ノコノコ帰ることもできない。
　それなら、その空き家に入れるかどうか確認したほうがよかった。
「行ってみよう」
　寛太の言葉に反対する人間は、誰もいなかったのだった。

仏壇

　駅の反対側へ向かうと、博樹の言っていたとおりの廃屋が数軒姿を現した。
　建売りだったのか、どれも似たような外観をしている。
　２階建ての大きな家で、庭の草は生え放題、壁にはツタがたくさん絡まっている。
　辺りが薄暗くなっているため、その外観だけで十分に恐ろしかった。
「本当に、ここに泊まるの？」
　あたしは寛太へ向けてそう聞いた。
「見た目は悪いけど、仕方ないだろ」
　そう言いながら、寛太は庭へと足を踏み入れた。
　数軒ある中でも一番キレイな状態で残されている家だ。
　つい最近まで人が住んでいた雰囲気が残っている。
「この家ならまだ平気かもね」
　そう言い、あたしは寛太のあとを追いかけた。
　しかし、寛太が玄関のドアに手をかけても、それは開くことがなかった。
　しっかりと施錠されている玄関に寛太が舌打ちをする。
「やっぱり、空き家に泊まるなんて無理なんだよ」
　沙良が後ろからそう声をかけてきた。
　念のために窓が開いていないか確認してみたけれど、どこもちゃんとカギがかけられた状態だ。

「窓を割って入るか」
　博樹がそう言うので、あたしは顔をしかめた。
　そんなことをしたら大きな音がして、すぐに町の人たちが駆けつけるだろう。
「とりあえず他の家も確認してみようよ」
　沙良がそう言い、あたしたちはその家の庭から外へと出たのだった。
　けれど、2軒目も3軒目も同じように厳重に施錠されている。
　残っているのはただ1軒。
　一番不気味な外観をしている家だけだった。
　建売り住宅エリアの一番奥にあるため、そこだけ日当たりも悪そうだった。
　庭へ足を踏み入れてみると、草が足に絡みついてきた。
「気持ち悪いね」
　沙良が周囲を見回してそう呟いた。
「そうだね」
　この家は他の家とは違う雰囲気だ。
　何か、家全体を悪い物が取り囲んでいるような、そんな重たい雰囲気があった。
「とりあえず、この玄関が開くかどうかだよなぁ」
　玄関のドア付近までツタが伸びてきている。
　赤茶色に塗られたドアはところどころ錆びていて、まるでどす黒い血の色のように見えてゾッとした。
「開けてみよう」

博樹がそう言い、寛太がドアノブへと手を伸ばした。
　やはり少し抵抗があるのか、その動作は恐る恐るといった様子だった。
　寛太が握りしめたドアノブがゆっくりと回る。
　そして赤いドアが開いた。
　真っ暗な玄関が見えた瞬間、嫌な予感が胸をよぎった。
　本当にこの家に入っていいのか、体全体がこの家を拒否しているように感じられた。
「カギ、開いてたな」
　寛太が小さな声で呟いた。
　中を覗き込んで顔をしかめている。
　廃屋だから、家の中もホコリまみれだろう。
「人がいる気配はないけど、住んでた人の物がそのまま残されてるな」
　玄関をくまなく確認してから、博樹が言った。
　靴でもあったのかもしれない。
「どうしてここだけカギが開いてたんだろう」
　一番気味の悪い家が開いているということで、不安が押し寄せてくる。
「そうだよね。この家だけやけに不気味だし、本当にここに泊まるの?」
　沙良が両手で自分の体を抱きしめながらそう言った。
　あたしと同じように、沙良も嫌な予感がしているのかもしれない。
　開けた瞬間に感じた強い寒気は、気のせいじゃない。

「1日だけの我慢だ」
　寛太が振り向いて一言そう言った。
　そして、自分から率先して家の中へと入っていったのだった。
　寛太にならって、あたしたち3人は廃屋へと足を踏み入れていく。
　玄関はホコリっぽく、下駄箱の上には割れた花瓶がそのまま置かれていた。
　土足のまま家に上がり、一番手前の部屋へと入ってみることになった。
　そこは6畳くらいのダイニングになっていて、大きなテーブルが1つ残されているだけだった。
「ここにはホコリがないね」
　沙良がそう言う。
「本当だね。玄関を開けた時よりもずっとキレイ」
　部屋の中はもっと汚いと思っていたので、ひとまず安堵した。
　でも、どうして部屋の中はキレイなんだろうか。
　疑問が頭をもたげてくる。
「ねぇ、この家って本当に廃屋なのかな」
　あたしは疑問をそのまま口にした。
　家の外はとても人が住んでいるようには見えないし、部屋の中だって生活感はない。
　人の気配だって感じられない。
　けれど、何かが違う気がした。

「大丈夫だろ。こんな家、誰が住むんだよ」

　寛太がそう言い、蜘蛛の巣が張っている天井を指さした。

「電気もつかないし、きっと大丈夫だ」

　博樹が壁際のスイッチを何度も押して確認している。

「そっか。それなら大丈夫かな……」

「とにかく、眠れそうな場所を探さないと」

　こんな場所で眠れるなんて思えない。

　雨風さえしのげればそれでいいと感じられた。

　けれど、沙良と博樹は精神的に参っているから、少しでも安心して休憩できる場所は必要だった。

「こっちの部屋はどうなってるんだろうな？」

　寛太がリビングの隣のドアを開ける。

　そこは脱衣所になっていて、奥にお風呂が見えた。

　湯船は黒ずんでいて衛生的に問題がありそうだ。

　脱衣所の横に同じようなドアがあり、今度はあたしがそのドアを開けた。

　そのドアの向こうにあった部屋は、4畳ほどの小さな和室になっていた。

　寛太が足を踏み入れた瞬間、動きを止める。

「どうしたの？」

　後ろからそう声をかけ、寛太の横から部屋の中を確認したあたしは絶句していた。

　4畳の狭い和室の奥には、大きな仏壇が1つあったのだ。

　ここが廃屋だとすれば、仏壇は別の物を購入し、古い物をここに残していった可能性がある。

けれど、問題はそうじゃなかった。

仏壇に飾られている女性の写真。

その写真の横に書かれている名前に、あたしたちは釘づけになっていた。

「ここは冨福ミズキが暮らしていた家だったんだ」

寛太がそう言い、あたしの手を握りしめて和室から引き返した。

「何？　どういうこと？」

沙良と博樹が混乱した表情を浮かべている。

「この奥に仏壇があった。冨福ミズキの仏壇だった」

寛太が早口に説明して、玄関へと向かう。

あたしは、自分の心臓がドクドクと音を立てるのを聞いていた。

この家には何かヒントが隠されているかもしれない。

けれど、この家の玄関を開けた瞬間の嫌な予感も的中していたのだ。

手入れされない地蔵。

手入れされない廃屋。

それらが意味しているものとは、いったいなんなのだろうか……。

逃げるように玄関を出た瞬間、見知らぬ男性が目の前に立っていた。

「ヒッ！」

思わず悲鳴を上げ、寛太の後ろに隠れる。

「この家で何をしている」

50代くらいの男性は目を吊り上げてそう聞いてきた。
　あたしたちがこの家に入る様子を見られていたのかもしれない。
　一瞬動揺を見せた寛太だったが、すぐに冷静さを取り戻して背筋を伸ばした。
「勝手に人の家に入って、すみませんでした」
　深く頭を下げてそう言う寛太。
　あたしたちも慌ててそれにならった。
「ここは廃屋だが、勝手に入っていい場所じゃないんだぞ」
「ごめんなさい……」
　あたしはそう言い、そっと顔を上げた。
　一見怖そうな顔をしているが、その声は優しげに感じられた。
「あの、あたしたちどうしても今日この町に泊まりたいんです」
　あたしは思いきって切り出した。
「お前たち、昨日は宿泊施設に泊まったんだろう？」
　あたしたちの存在はすでに知れ渡っているようで、男性はそう言ってきた。
「そうなんですけど、今日は施設に先約があると言われて泊まれなかったんです」
「先約？」
　男性は怪訝そうな顔をし、首をかしげた。
　やっぱり、先約なんて嘘だったんだろう。
「この町に来る宿泊者なんて年に何人もいないぞ。そんな

嘘をつかれたなんて……お前たち、何が目的でこの町へ来たんだ？」
　怪訝そうな顔はあたしたちへと向けられた。
　あたしは寛太と視線を見交わす。
　素直に話をして理解してもらえるかどうかわからない。
　でも、今はそれしか方法がなかった。
「少し長くなりますが、話を聞いてもらえますか？」
　寛太は覚悟を決めたようで、真剣な表情でそう言ったのだった。

ミズキ

　寛太は、呟きサイトで流行している動画のことを男性に説明した。
　男性は半信半疑のまま説明を聞いていたけれど、沙良と博樹に送られてきた動画を見せると、ようやく信じてくれたようだった。
　何より、あの歌を聞いてもらった時の反応は大きかった。
「この歌声はミズキのものだ」
　男性はすぐにそう言ったのだ。
「本当ですか!?」
　沙良が目を大きく見開いてそう言った。
　ようやく2つの点と点が繋がったと感じられた。
「あぁ。間違いない。あの子の声だ」
　男性は青ざめた顔で何度も頷いた。
「この動画の呪いは、ミズキさんのもので間違いないですか？」
　そう聞いたのは寛太だった。
「そんな、あの子が人を呪うだなんて……」
　男性は眉間にシワを寄せて考え込んでしまった。
　冨福ミズキという女性がどんな女性で、どうして亡くなってしまったのか。
　それが重要だと感じられた。
「ミズキさんについて教えてくれませんか？　この呪いの

動画は本物なんです。遊びや冗談なんかじゃない。俺たちがここまで来て原因を探しているくらいなので、わかりますよね!?」
　博樹が懇願するようにそう言うと、男性はしかめっ面のままため息を吐き出した。
「仕方ないから説明してやる。ついてこい」
　男性はそう言って歩き出したのだった。

　連れられてきたのは男性の家だった。
　表札に名前は柏谷と書かれていた。
　家の中に入ることはためらわれたが、寛太と博樹も一緒にいるということが心強かった。
　柏谷さんの家は6畳ひと間の小さなもので、他に人は暮らしていないようだった。
　テーブルの上には、ビールの缶とオヤツの袋が散乱している。
「どこでも好きな場所に座れ」
　そう言われて、あたしたちは4人で並んで座った。
　緊張から背筋が伸びる。
「ミズキが亡くなったのは今から1年前だ」
　柏谷さんの突然の言葉に沙良が「えっ?」と、呟いた。
　ミズキさんはイケニエではなかったということだ。
「1年前、台風が日本列島を襲ったのは覚えているか?」
「もちろんです。各地で50年に一度と言われる豪雨に見舞われて、たくさんの被害が出ました」

沙良が言う。
あたしも、そのニュースはよく覚えていた。
「その水害が、この町にもやってきたんだ。あの川が氾濫するなんて本当に久しぶりのことだった」
「去年、川が氾濫したんですか?」
そう聞いたのは寛太だった。
「あぁ。それでも昔ほどの被害はなかった。川幅も広くなっていたし、避難勧告もすぐに出された。けれど……ミズキの両親が川の様子を見に行ってしまったんだ」
柏谷さんは思い出すようにそう言い、川のある方向へ視線を向けた。
「鉄砲水って知ってるか？　穏やかだった場所に突然たくさんの水が襲ってくる現象だ」
「聞いたことがあります」
あたしは頷いた。
「その鉄砲水にやられて、ミズキの両親は川に流されたんだ。3人家族だったミズキは一瞬にして1人ぼっちになっちまった」
その言葉に、あたしは地蔵を思い出した。
やはり、3人とも家族だったのだ。
そう思うと、呼吸ができないほど胸が苦しくなった。
「雨がやんでみんな家に戻っても、ミズキは1人ぼっちだった。町の人間がミズキのことを気にかけて何度も家に足を運んでいたんだが……ある日、ミズキが家の中で自殺しているのが発見されたんだ」

柏谷さんが重苦しい口調でそう言った。
　自殺……。
　思ってもいない事実に言葉が出なかった。
　両親を一度に亡くしてしまった心の傷は、簡単には癒えなかったのだろう。
　自分で自分の命を絶ってしまうほど、苦しいものだったんだろう。
「ミズキのことをかわいそうに思って川の近くに地蔵を作ったんだが、あの地蔵だけは何度手入れをしても翌日には汚れてるんだ」
　あたしは手入れのされていない地蔵を思い出していた。
「冗談……ですよね……？」
　震える声でそう言ったのは沙良だった。
「全部本当の話だよ。掃除しても掃除しても翌日にはコケが生えている。それを気味悪く思った町人たちは誰もあの地蔵に近づかなくなっちまった。今ではあの地蔵の話をすることもタブーになったんだよ」
　その言葉に、町の人たちの反応がようやく納得できた。
　だからみんな、ミズキさんの地蔵について触れたくなかったんだ。
「話を聞く限りでは、ミズキさんが誰かを怨んでいる様子はなかったんですね？」
　寛太がそう聞くと、柏谷さんは頷いた。
「あぁ。もちろんだ。みんなミズキのことを心配してたくらいだからなぁ」

「そうだったんですか……」
　それじゃあ、なぜ呪いの動画が配信され、そこにミズキさんの歌声が入っていたのか。
　1つ謎が解けたかと思ったのに、またわからないことが出てきてしまった。
「1つ、お願いがあります」
　沙良がそう言った。
「なんだい？」
「あの家の中を探させてください。何かヒントになることを見つけたいんです」
　沙良はそう言い、頭を下げた。
　柏谷さんは困ったように頭をかく。
「あそこは俺の家じゃないし、お前らも大変そうだしなぁ。でも許可を出すこともできない。しょうがないから、俺は何も見てないことにしてやるよ」
　柏谷さんはそう言い、頭をかいた。
「その代わり、何かあったらすぐに連絡してこいよ」
　柏谷さんはそう言い、あたしたちに電話番号を書いたメモをくれたのだった。

捜索

　ミズキさんは人を怨んでなんかなかった。
　それなのに呪いの動画が作られた……。
　原因は、理由はなんなのか。
　それを探るため、あたしたちは再び冨福家に足を踏み入れていた。
　相変わらず気味が悪いけれど、ミズキさんの話を聞いたあとだからか少しだけ気分はラクだった。
　あたしと沙良はまず仏壇のある部屋から探しはじめた。
　ほとんど家具が撤去されてしまっているけれど、部屋の隅々まで探していく。
　ミズキさんの写真を見ると、あたしたちと同年代か、少し年上の女性に見えた。
　とてもかわいらしくて、笑顔が素敵な女性だ。
　きっと、町でも人気者だったんじゃないかと思えた。
「何もないね……」
　仏壇の周辺を探し終えた沙良が、肩を落としながらそう言った。
「諦めるのは早いよ。この家は大きいからきっと何かヒントが見つかるから」
　あたしは沙良を励ますためにそう言った。
　なんでもいい。
　明日が来る前に何か見つけないと。

そう思い、あたしは沙良と協力して畳を上げていくことにした。

　大切な秘密は、そう簡単には人目につかない場所にあるはずだ。

　けれど、4畳分の畳を上げてみても、そこには何も隠されていなかった。

　落胆しそうになる心をなんとか奮い立たせて、次の部屋へと向かう。

　電気がついていないから、月明かりだけが頼りだった。

　蜘蛛の巣やホコリと格闘しながら、部屋の中をくまなく探していく。

　その時だった。

「沙良！　イズミ！」

　と、あたしたちを呼ぶ博樹の声が聞こえてきて、あたしたちは手を止めた。

　博樹の手にはスマホが握られていて、そこだけ明るく照らし出されている。

「どうしたの？」

　2人で近づいていくと、博樹が画面を見せてくれた。

　それは、どこかのサイトを表示させたものだった。

「この書き込み、読んでみろよ」

　博樹は興奮気味にそう言ってきた。

【今、呟きサイトで拡散され続けている呪いの動画だけど、拡散してもしなくても呪われて殺されると噂になっている。だけど、呟きサイトの拡散方法は1つじゃない。拡散

したい相手を指定する方法と、不特定多数の登録者に拡散する方法の2つがある。呟きサイトを利用していてよく利用する拡散方法は前者のほうだけど、この動画の呪いを解くために必要なのは後者の拡散方法だったんだ。俺はそれを行った。カウントダウンは止まり動画も消えた】
「これ、本当のこと!?」
　沙良がすぐに食いついてそう言った。
「わからない。でも、この書き込みはずいぶんたくさんの人に見られていて実行されてるみたいなんだ」
「仮にこれが本当のことだとしても、沙良はもうサイトを退会してる」
　あたしはジッと博樹のスマホを見つめてそう言った。
　退会していたら、当然拡散だってできない。
　仮にこの書き込みが本当だとしても、沙良が助かるかどうか、わからないのだ。
「もう一度登録してみる」
　沙良はそう言い、スマホを取り出した。
　慣れた手つきで呟きサイトの再登録をしていく。
　以前までのデータを引き継げればいいけれど……。

「……ダメ。全部最初からになってる」
　登録を終えた沙良がため息交じりにそう言った。
　今まで呟いたことも、拡散されてきた呟きや動画も、すべて消えているようだ。
「博樹は、その書き込みのとおりにやってみるといいよ」

「沙良……」
　博樹の表情が歪む。
「大丈夫だから、ね？」
　沙良がそう言うけど、博樹の手はなかなか動かない。
　しびれを切らした沙良が博樹のスマホを奪い取った。
「何すんだよ！」
「もたもたしてられないでしょ!?」
　沙良はそう叫び、博樹に送られてきた動画を拡散したのだった。
「沙良、俺はお前と一緒なら——」
「そんなこと言わないで」
　博樹の言葉を途中で遮り、沙良はほほ笑んだ。
　気丈に振る舞っているけれど、沙良の体は小刻みに震えている。
　今にも博樹のスマホを手から落としてしまいそうだ。
「みんなで生きて帰ろう」
　あたしは震えている沙良の手を握りしめて、そう言ったのだった。
　正しい拡散方法なのかはわからないけれど、こんなことをしていたら、日本中に動画が拡散されるのも時間の問題だろう。
　その前に、なんとかしなきゃいけない。
　そう思った時だった。
　沙良のスマホにメッセージが届き、その音にビクリと体が震えていた。

自分のスマホで時刻を確認してみると、いつの間にか日付が変わってしまっている。
　沙良がスマホを持ったまま呆然と立ち尽くす。
　メッセージを確認することができずにいる沙良に、寛太が声をかけた。
「俺が確認する」
　そう言って沙良のスマホを確認して、一瞬顔をしかめた。
　そして、すぐに目をきつく閉じてしまった。
　それが何を意味しているのか、あたしたちはわかっていたから……。
　カウントダウンが今日で終わっているのを、あたしたちはすでに知っていた。
　寛太がスマホを沙良の手に戻す。
　その時、画面がチラリと目に入り、【残り０日】と書かれているのがわかったのだった。
　悲しいけど、辛いけど、苦しいけれど、止まることもできなかった。
　沙良はリビングの床に座り込んでしまい動けずにいるけれど、あたしたちは動かなきゃいけない。
　無駄に広い家の中を、スマホと月明かりだけを頼りにしてくまなく探す。
「この家の家具は誰が運び出したんだろうな」
　２階の広い部屋を寛太と２人で探している時、寛太が不意にそう言ってきた。
「え？」

「この家には３人しか暮らしてなかったんだろ？　そして全員が死んでしまった。そのあとに家具は運び出されたってことだろ」
「そうだけど……他に親戚(しんせき)の人くらいいるでしょ？」
　あたしは手を止めずにそう言った。
「そうだよな。だとしたら、どうして仏壇の写真をそのままにしたんだと思う？」
「それは……」
　なぜだろう？
　親戚なら、真っ先にこの家から運び出しそうなものだ。
　そういえば部屋の中は、外観よりもキレイだったことも気になる。
　誰かがキレイに掃除をしたあとのようにも見えた。
「本当に、親戚の人が家具を運び出したのか怪しいよな」
「……どういう意味？」
「たとえばさ、ミズキさんには人を怨む理由があった。だけど町の人たちはそれを知られることを恐れた。だから家具を運び出し、何も見つけられないように隠ぺいした」
　寛太の推理にあたしは目を丸くした。
「この町の人たちが嘘をついてるってこと？」
　驚いたけれど、それなら部屋の中がキレイだった理由がわかる。
　自分たちの証拠を残さないため、拭き取ったのだ。
「あくまでも１つの仮説だけどな。電車も１時間に１本しかない隔離空間に近い町だ。町ぐるみでの隠し事があった

としても、不思議じゃないだろ」
　あたしは寛太の考え方に頭を悩ませた。
　そこまでの隔離空間なら、あの地蔵のことを柏谷さんが親切に教えてくれることはなかったんじゃないだろうか。
　けれど、寛太の考えを簡単に否定することもできない。
　町ぐるみでないにしても、隠されていることはあるかもしれない。
「この部屋でも収穫なしか」
　すべてを探し終えて部屋を出る。
　２階は、すべて探し終えてしまった。
　太陽は徐々に昇りはじめていて、外は白くなりはじめている。
「どうしよう。このまま何も手がかりも見つからなかったら、沙良は……」
　そこまで言って、ゾッとした。
　あと何時間かのうちに沙良が死んでしまうなんて、恐ろしくて口に出せなかった。
「とにかく、沙良のところへ戻ろう」
　寛太がそう言い、あたしたちは１階のリビングへと向かったのだった。

地下室

「沙良、大丈夫？」
　ホコリっぽい床の上に座り込んでいる沙良に、そっと声をかけた。
　こちらへ振り向くものの、返事はない。
　目からは絶えず涙が溢れ出していて、横にはスマホが投げ出されていた。
　動画の拡散を何度か試みたのかもしれない。
　それでもダメだったんだろう。
「沙良、まだ時間はあるから。きっと大丈夫だから」
　そう言って沙良の体を抱きしめる。
　ところが次の瞬間、あたしは沙良の手によって突き飛ばされていた。
　突然のことで反応できず、思いきり床に肩を打ちつけてしまった。
「沙良！　何してんだ！」
　寛太が声を荒げるのを、あたしは制止した。
　今、一番怖いのは沙良なんだ。
　その恐怖が少しでも和らぐのなら、八つ当たりだってかまわない。
「沙良……」
　手を伸ばすが、その手も撥ねのけられてしまった。
　完全に、あたしのことを拒絶している。

あれだけ仲のよかった沙良の豹変に、刺されるように胸が痛んだ。
「適当なことばっかり言わないでよ!!」
　ガラガラに荒れた声で沙良が叫んだ。
　叫ぶと同時に、また涙が溢れ出している。
「大丈夫って、何が大丈夫なの!?　これだけ探してもヒントなんて何も見つからないじゃん!!」
　叫びながら、駄々っ子のように床を叩く沙良。
「こんな町まで来ても、結局動画は止まらない!!　あたしは今日中に死ぬんだから!!」
　その言葉に、自然と涙が浮かんできていた。
　沙良が死ぬ。
　その恐怖におびえて混乱している。
　それなのに、あたしは何もできず、ただ呆然と立ち尽くしている。
　その無力さに死にたくなった。
「沙良……。それならあたしも一緒に死ぬ」
　あたしは懲りずに沙良の体を抱きしめた。
　1人で抱えないでほしい。
　ここにはあたしたちがいる。
　もっとたくさん頼ってほしい。
　今まで沙良は気丈に振る舞ってきていた。
　こうして八つ当たりをすることだってなかった。
　死ぬ当日になって、ようやく心を見せてくれたのだ。
「イズミ……」

沙良の体がひどく震えているから、あたしは力を込めて抱きしめた。
　　この震えが少しでも止まりますように。
「沙良を1人になんてしない。だから、安心して。ね？」
　　言いながら、声が震えていた。
　　情けない。
　　沙良を元気づけたいのに、恐怖を隠しきれていない。
「イズミ……。ごめん、ごめんね!!」
　　沙良が、あたしの体を抱きしめてきた。
　　とても温かな温もりに包まれて心地いい。
　　自分の震えがスッと消えていくのを感じた。
「大丈夫だよ。誰も沙良のことを責めたりなんてしない」
　　あたしは沙良の背中を、子どもをあやすようにゆっくりとさすった。
　　その動きに合わせて沙良の呼吸も整っていく。
「ごめんね沙良……。あたしが代わってあげられたらいいのに……」
「そんなこと言わないで……イズミがこんな目に遭うと思ったら辛いから」
　　涙声で、それでもまだ人のことを考えてくれる沙良。
　　あたしは、ポケットの中にある自分のスマホに意識を集中させた。
　　震えている感覚はない。
　　あたしのところには、呪いの動画は届かない。
　　安堵すると同時に歯がゆさを感じた。

せめて同じ気持ちになれたらいいのに、と……。
「おい、3人ともこっちに来いよ‼」
　何かを見つけたのか博樹のそんな声が聞こえてきて、あたしと沙良は顔を上げた。
「沙良、歩ける？」
「うん。大丈夫」
　グイッと力強く涙をぬぐい、立ち上がる沙良。
　あたしは、その体を支えるようにして歩き出した。
　そのあとと寛太が追いかけてくる。
　博樹がいたのはキッチンだった。
　ここも、くまなく探したあとだった。
「ここ。地下室へ続く扉だったんだ」
　博樹はそう言い、ダイニングテーブルの下にある取っ手を指さした。
「え？　そこって貯蔵庫じゃなかったの？」
　てっきり、お米などを保管しておく小さなスペースだと思っていた。
　蓋を開けてみても、そこには灰色の小さなスペースが広がっているだけだったから。
「俺も最初はそう思ってたんだ。だけど貯蔵庫の床が開くようになってたんだ」
　興奮気味にそう言う博樹。
　沙良が貯蔵庫の床に触れる。
「本当だ。ここに小さな取っ手がついてる！」
　それは小指の先くらいのでっぱりで、とても取っ手と呼

べるものではなかった。
　しかし、それをつまんで引っ張ると、貯蔵庫の床が簡単に開いたのだ。
　そして出てきたのは真っ暗な空間。
　スマホで照らしてみると、階段になっていた。
　地下室への入り口……。
　見た瞬間、寒気が全身を包み込んだ。
　この家に入る時に感じたよりも、もっと強い寒気だ。
　ここは入るべきじゃないと、本能的に危険を察知している自分がいる。
　けれど、それと同時にあたしの中に希望が生まれた。
　家に部屋はまだあったんだ。
　まだ、調べることができるんだ。
　ここで何かを見つけることができるかもしれないんだ。
「明かりがないから真っ暗だけど、行ってみるか？」
　博樹の言葉に寛太は頷いた。
「スマホの明かりがある。きっと大丈夫だ。２人はどうする？」
　寛太があたしと沙良へ向けてそう聞いてきた。
　嫌なら残っていてもいいという意味だろう。
　だけど、答えなんて決まっていた。
「行くに決まってるでしょ」
　さっきまで泣いていた沙良がそう答えたのだった。

　地下室へと続いている階段はホコリっぽく、とても狭い

場所だった。
　手すりがついていなかったら足を踏み外してしまうかもしれない恐怖があった。
　どうにか4人で最後まで下りきり、スマホで辺りを照らし出した。
　灰色のコンクリートの壁に、黒いシミがいくつもついていることがわかった。
　広さは6畳ほどで、家具などは何も置かれていない。
「この地下室って、なんか異様だな」
　寛太の声がコンクリートの壁に跳ね返されて響き渡る。
　たしかに、ここだけ他の部屋とは違う雰囲気があった。
　寒気がして、ブルリと身震いをする。
「この黒いシミってなんなんだろう。あちこちについてるよね」
　沙良が床にできた大きなシミを照らしてそう言った。
　それは、まるで血のように見えて気味が悪かった。
「たぶん倉庫として使われてたんだと思うけど。ここだけ何も残されてないのも妙だよな」
　博樹がそう言った。
　地下室には、もともと何も置かれていなかったのか。
　それとも、3人が亡くなったあと誰かがすべてを持ち出したのか。
　ここを見る限りではわからなかった。
「早く出よう。なんだか気分が悪くなってきた」
　沙良がそう言った時だった。

開け放していたはずの地上へと続くドアが閉まっていることに気がついた。
　一瞬、誰もが絶句していた。
　たしかにドアは開けていたはずだったのに……。
　緊張で背筋にゾクリと悪寒が走る。
「大丈夫だって。ただの気のせいだ」
　寛太が気を取り直してそう言い、階段を上っていく。
　けれど、すぐに引き返してきた。
　その表情はさっきよりも険しくなっている。
「ドアが開かなくなってる。誰かが外から閉じ込めたのかもしれない」
「嘘でしょ!?」
　思わず声が大きくなっていた。
　寛太に代わって確認するも、やはりドアは開かなかった。
　ここのドアにカギはなかった。
　誰かが外に重しでも乗せない限り、閉じ込められることはないはずだ。
　でも、いったい誰が？
　この家の中には、あたしたち以外にいないはずだ。
　地下室にいる間に誰かが入り込んでいたとしても、こんな短時間で閉じ込めるなんてきっと不可能だ。
　不穏な空気に包まれたその時だった。
　不意に地下室の電球がつき、周囲を照らし出した。
　突然の明かりに目がくらみそうになる。
「なんで、いきなり!?」

沙良が叫ぶ。
　目が慣れてくると、地下室の中の様子がよくわかった。
　正方形の灰色のコンクリートでできた室内。
　ところどころ黒いシミができている。
　そして、コンクリートの割れ目からツタが入ってきているのがわかった。
　それ以外には何もない空間だった。
「電気は来てないはずだ」
　博樹が呟く。
　だとすれば、どうして明るくなったのか……。
　あたしは沙良の手を握りしめた。
　緊張と恐怖で全身に汗が噴き出すのがわかった。
　誰かが外から操作しているか、もしくは……。
　そう思った瞬間、あの歌声が聞こえてきた。
　呪いの動画に録音されていた、ミズキさんの歌声だ。
　地下室内に何重にもなって響き渡る歌声。
　その声はとても美しく、だけど背筋が凍りつくほどとても冷たく感じられた。
「やめて!!」
　沙良が叫び、両耳を塞いでその場に座り込んでしまった。
「沙良、落ちついて。誰かのイタズラに決まってる！」
　あたしはそう言い、沙良の体を抱きしめた。
　誰がこんな悪質なイタズラをするんだろう。
　きっと、この家には最初から電気が通っていたんだ。
　そして、あたしたちが地下室に入るのを、今か今かと待っ

ていたんだ。
　自分自身にそう言い聞かせる。
　でないと、恐怖で気が狂ってしまいそうだった。
　しかし、これはイタズラなんかじゃなかったんだ。
　電気が数回点滅を繰り返し、歌声がさらに大きく聞こえてくる。
　思わず耳を塞いだ時、沙良の首にツタが巻きついた。
「沙良!?」
　それは一瞬の出来事だった。
　沙良の首に巻きついたツタは天井まで上り、沙良の体を宙づりにしたのだ。
　声も出せず、もがく沙良。
「沙良!!　沙良!!」
　下から手を伸ばしても、沙良の首までは届かない。
　恐怖よりも焦りが勝っていた。
　このままでは沙良が殺されてしまう！
　ミズキさんの呪いによって、殺されてしまう!!
　あたしは、とっさに壁に貼りついているツタに手を伸ばしていた。
　これを引き千切ることができれば沙良は助かる。
「手伝って!!」
　呆然として突っ立っていた男2人の力を借りて、思いっきりツタを引っ張った。
　ブチブチブチッと繊維質な物が千切れていく音が響き渡り、沙良の体が落下する。

激しくせき込む沙良。
「沙良、大丈夫!?」
　涙目になっているが、沙良は無事のようだ。
「早くここから出るぞ!!」
　寛太が叫び、階段を駆け上がる。
　けれど、ドアはまだ固く閉じられたままだ。
「くそっ！　開け！　開けよ!!」
　ガンガンとドアを殴りつける寛太。
　その時だった。
「邪魔をするなあああああぁぁぁ！」
　地の底から這い出てきたような怒号が聞こえてきた。
　ここにいる４人のものではない。
　もう１人の……ミズキさんの声だった。
　寛太の体は何かの力によって弾き飛ばされ、地下室まで転がった。
　体を強く打ちつけ、痛みでうめく寛太。
「なんだってんだよ!!」
　博樹が叫び、壁を蹴る。
　誰もいない空中へ向けて血走った視線を向け、「俺たちが何したってんだよ！　あんたが死んだことと俺たち、なんの関係があるんだよ!!」と叫び続ける。
「やめなよ博樹！」
　あたしは慌てて博樹へ駆け寄った。
　ここにいるミズキさんの魂を、逆撫でするようなことはしてほしくなかった。

「沙良を殺すなら、俺を殺せよ！」
　博樹の声が地下室にこだまする。
　けれど、ミズキさんからの返事はない。
「なんで沙良なんだよ！　なんで沙良のところまで拡散したんだよ！」
　博樹の悲痛な叫びは、そのまま消えていってしまうばかりだ。
　愛する人を助けたい。
　その気持ちは、ここにいる全員が同じだった。
「俺だけ助かって沙良が死ぬなんて嫌だ！　絶対に嫌だからな!!　聞いてるんだろ!?　おい!!」
　何度も何度も空中へ向けて叫ぶ。
「博樹……」
　沙良が博樹の姿を見て泣きそうな顔になる。
　けれど、やっぱりミズキさんからの返事はなかった。
　博樹はその場に膝をつき、頭をかかえて「チクショー!!」と、叫ぶ。
　その時だった。
　誰も予期していない出来事が起こった。
　天井から大量の水が降ってきたかと思うと、博樹の体を濡らしたのだ。
　もちろん、天井もコンクリートで固められていて、水が出てくるような場所はどこにもない。
　あたしは、とっさに博樹から離れていた。
　ズブ濡れになった博樹はしばらく唖然とした表情を浮か

べていたが、次第に焦りの表情を見せはじめた。
　喉を押さえて口をパクパクさせている。
「博樹、どうした？」
　寛太が近づいていき、ハッと目を見開いた。
「博樹！　どうした？　呼吸ができないのか!?」
　寛太が叫ぶ。
　博樹の顔色は見る見るうちに青くなっていく。
　開けたり閉めたりを繰り返している口の中からは、ゴボゴボと音を立てて水が溢れ出してくる。
「いやっ！」
　沙良が叫び、目を背けた。
「博樹、博樹！」
　あたしは横倒しになった博樹に駆け寄り、必死で背中をさすった。
　博樹は苦し気な表情で自分の首に手を当てている。
　なんで？
　これもミズキさんの仕業なの？
　なんでこんなことをするの？
「もう、やめて！　博樹の言うとおり、あたしたちはなんの関係もないはずでしょ!?」
　あたしは何もない空間へ向けてそう叫んだ。
　あたしたちは、この町の存在だって知らなかった。
　それなのに……。
　博樹が床を転げるようにして助けを求める。
「博樹！」

沙良が叫ぶ。
博樹は一瞬大きく目を見開いて沙良を見た。
次の瞬間、博樹の体はビクビクと痙攣を繰り返し、やがて動かなくなってしまった。
沙良の悲鳴が地下室に響き渡る。
あたしは呆然としたまま立ち尽くしていた。
あたしたちは、足を踏み入れすぎたんだ。
ミズキさんの激昂に触れてしまったんだ！！
「クソッ」
寛太が涙目で舌打ちをして、スマホを取り出した。
だけどここは地下室だ。
電波がなくて部屋の中をウロウロと歩き回る。
「寛太……誰に電話するの？」
「柏谷さんだ」
それは、ミズキさんのことを教えてくれたあの男性のことだった。
あたしも寛太と同じようにスマホを取り出し、電波を探しはじめる。
階段を上がってみるけれど、電波がある場所が見つけられない。
「あたしたち……ここで全員死ぬの？」
壁際に座り込んでいる沙良がそう呟いた。
「沙良……」
「大丈夫だ！　みんなで脱出方法を考えよう！」
寛太が叫ぶようにそう言った。

イケニエ

それからどれくらい時間が経過しただろうか。

スマホの電波は届かず、あたしたちは地下室の床に座り込んでいた。

博樹の遺体には、寛太が自分のTシャツを脱いでかけていた。

時間だけが空しく過ぎていく。

この狭い空間にいると、呼吸することすらままならなくなっていく。

酸素がどんどん薄くなっていくように感じられて、冷や汗が出た。

沙良はさっきから床に横になっていて、ほとんど動かない。

もう、起きている気力もないのかもしれない。

「大丈夫、心配することはない。俺たちがここにいることは、柏谷さんが知ってるんだ。ずっと出てこなかったら心配して来てくれる」

寛太が呟くようにそう言った。

そうであってほしいという願いがこもっている。

あたしは何も返事をしなかった。

心が重たくて、とても会話をする気になれない。

こんなんじゃダメだと思うのだけれど、絶望が体中を包み込んでいるような気分だった。

その時だった。
　動かなくなっていた博樹が、ゴホゴホとせき込みはじめたのだ。
「博樹!?」
　寛太が博樹に駆け寄り、かけていた服をはぎ取る。
　見ると、博樹は水を吐き、大きく目を見開いて天井を見上げているのだ。
「博樹！　生きてたの!?」
　あたしもすぐに博樹へ駆け寄った。
「あぁ……」
　大きく深呼吸を繰り返し上半身を起こす博樹。
「博樹……」
　沙良が重たい体を起こし、這うようにしてこちらへ近づいてきた。
「沙良……大丈夫か？」
　まだ呼吸が荒い博樹が沙良へ向けてそう聞いた。
　その瞬間、沙良の目から大粒の涙が溢れ出してきたのだ。
「博樹……！」
　両手を伸ばし、博樹の体を抱きしめる沙良。
「よかった、沙良……」
　博樹は沙良の体を抱きしめ返してそう言った。
「博樹が死んだかと思った……！」
「大丈夫だって」
　そう言って笑ってみせている。
　２人の様子にあたしと寛太はそっとほほ笑んで、その場

を離れたのだった。
　でも、これはミズキさんからの警告とも受け取ることができる。
　これ以上、足を踏み入れれば今度こそ全員殺されてしまうかもしれない。

　それからまた時間が経過した時だった。
　ゴトゴトと頭上から物音が聞こえてきて、あたしはハッと息をのんだ。
　それは間違いなく、人が歩くような足音だったのだ。
　誰かが家に入ってきている!!
「おーい!　上に誰かいるのか!!」
　その途端、寛太が叫んでいた。
「誰か、助けて!!」
　あたしも力の限り叫んだ。
　足音の感じだと地下室の真上を歩いているようだった。
　それなら、この声も聞こえているはずだった。
　全力で大きな声を張り上げていると、足音がピタリと止まったのがわかった。
「地下室に閉じ込められてるんだ!!」
　寛太の叫び声に反応するように、足音が移動した。
　そして……。
　ギィィィ……と音を立てて、地下室へと続くドアが開いたのだ。
　光が見えた瞬間、あたしの目に涙が滲んでいた。

たった数時間、閉じ込められていただけなのに、これほどまで恐怖を感じるなんて思ってもいなかった。
「誰かいるのか？」
　怪訝そうな声とともに、若い男性が地下室へと下りてくるのが見えた。
　まだ20代くらいの人で、屋台を出していたあのお兄さんと似た雰囲気だった。
　彼は博樹を見た瞬間、絶句してしまった。
　ずぶ濡れの状態じゃ驚くのも無理はない。
「キミたちは昨日からこの町に来てる子たちだな？　どうした？　何があったんだ？」
　混乱した声を上げる男性。
　寛太が順を追って説明しはじめた。
　この家にいた理由も説明するため、呪いの動画についても包み隠さずだ。
　男性は話を聞きながら目を見開いた。
「ミズキの呪いなんて、本当にそんなものがあるのか」
　男性は険しい表情でそう言った。
「信じてもらえないかもしれないですけど、本当の話なんです」
　あたしはそう言った。
　とにかく、一刻も早くこの地下室を出たい。
　そう、思ったのだが……。
「それならキミたちは、ミズキのためのイケニエってところだな」

男性はそう言い、声を上げて笑ったのだ。
　さっきまでの優しげな表情が、一瞬にして消えていくのを見た。
　イケニエ。
　その単語に背筋が寒くなる。
　この町で実際に行われていたことを、この男性だって知っているはずなのに。
　どうしてそんな軽い口調で言うことができるのだろう。
「とにかく、ここから出よう」
　寛太がそう言った次の瞬間、男性の拳が寛太の腹部に当たっていた。
　突然殴られた寛太は防御することもできず、うめき声を上げて倒れ込んでしまう。
「悪いねキミたち。それはできない」
　男性はニヤニヤとした笑顔を浮かべながら、寛太を見おろした。
「何するんですか!?」
　あたしは寛太に駆け寄り、男性を睨みつけた。
　寛太は拳がみぞおちに入ったようで、動けずにいる。
「へぇ、高校生か。結構かわいい顔してるな」
　男性がそう言い、あたしの頬を撫でた。
　その瞬間、言い知れぬ寒気が全身を覆い尽くして震えた。
「そっちの子もなかなかの美人だ」
　沙良を見てそう言う男性。
　物色されているような気分になり、絶句してしまう。

「助けてほしいのか？　それなら、言い方ってもんがあるだろ？」
　あたしへ向けてそう言う男。
　男から発せられている黒い空気が、地下室全体を包み込んでいくようだった。
「……助けてください」
「聞こえねぇよ」
「助けてください！」
　みんなが元気な状態なら、全員で男を突き飛ばして階段を駆け上がることだってできるのに……！
「それならキスさせろよ」
　男の言葉に驚き、あたしは目を見開いた。
　今、なんて言った？
「このままほっといたら、こっちのずぶ濡れの男は死ぬんじゃねぇの？　仲間が死ぬくらいなら、キスくらいできるだろ？」
「クソ野郎！　なに言ってんだ！」
　そう叫んだのは寛太だった。
　また腹部が痛むのか、声を出すのだって辛そうだ。
「うるせぇな。弱いくせによ」
　男がため息交じりに寛太へと近づき、その脇腹を踏みつけた。
　何度も何度も繰り返し同じ個所を踏みつける。
「やめて！」
　とっさに、男の体にすがりつくようにして止めていた。

あたしにできることなんて何もない。
これくらいのことしか、できない。
「キスするから……だから助けて」
「イズミ……！」
寛太が叫ぶ。
けれど、あたしはそれを無視した。
男が振り向き、嫌らしい笑顔を浮かべる。
「へぇそうか。いいんだな？」
そう言われきつく目を閉じた……が、次の瞬間、激しい痛みが右頬にあり、あたしは横倒しに倒れていた。
痛みに目を開けると、男があたしを見おろしている。
「やっぱり気分が変わった。お前ら全員、ここでミズキに殺されろ」
は……!?
痛みとショックで頭がまったくついていかない。
男はそのままあたしたちに背を向けて階段を上がりはじめた。
「待って！　助けて!!」
叫び声を上げて立ち上がる。
男にすがりつくようにして手を伸ばしたが、その手は簡単に跳ね返されてしまった。
男が振り向き、ニヤリと笑う。
「じゃあな」
そう言うと、あたしの体をつきとばして1人で階段を上がっていってしまったのだった。

やがて、無情にもドアは閉められた。
　ドアの上に何か物を移動している音まで聞こえてくる。
　完全にあたしたちを閉じ込めるつもりなのだ。
「やめて!!」
　気力を振り絞り、沙良が叫んだ。
　這うようにして階段を上がっていくが、すでにドアは固く閉ざされてしまったあとだった。
「最後に、お前らにいいことを教えてやる」
　男の声が聞こえてきて、あたしは耳を澄ませた。
「ミズキの両親が亡くなったあと。町の人たちはミズキのことを心配してこの家に来ていた……なんてのはぁ、柏谷さん１人だけだったんだよ。他の奴らはミズキをこの地下室に閉じ込めて、殴る蹴るの暴行を加えた。もちろん、それだけじゃない。ミズキはキレイな女だったから、いろいろと楽しませてもらったよ」
　そう言い、高らかな笑い声を上げる男。
　あたしは、地下室にできた無数のシミを見て吐き気を覚えた。
　これは全部ミズキさんの血。
　ミズキさんの叫びだったんだ!!
　寛太は唖然として言葉も出ない様子だ。
「そんなミズキの呪いなら、日本中に拡散されてもおかしくはないよなぁ」
「……お前、人間じゃねぇな」
　寛太が震える声でそう言った。

しかし、相手には聞こえない。
「まぁ、ミズキの魂をお前らの命で鎮めてくれや」
　男はそう言うと、遠ざかっていく足音が聞こえてきたのだった。

　男が完全にどこかへ行ってしまったあと、地下室はとても静かだった。
　ミズキさんの身に起きた不幸な現実を思うと、言葉にもならなかった。
「……とにかく、ここから出る方法を考えないとな」
　寛太がそう呟く。
　腹部の痛みはずいぶんよくなったのか、顔色はよくなってきている。
「柏谷さん、来てくれないかな」
　あたしはそう言った。
　もう、それだけが最後の望みだった。
　けれど、さっきの男にあたしたちはすべてを話してしまった。
　あの男が柏谷さんに適当な嘘を吹き込み、この家に近づかないようにするかもしれない。
　そうなれば、あたしたちはもう終わりだった。
　呪いでなくても、餓死するのを待つしかないのだ。
　ぼうっと座っているだけだった沙良がスマホを取り出して、時間を確認した。
「もう朝の８時を過ぎてる」

カラカラに乾いた声で沙良が言った。
「あたし、いつ死んでもおかしくないよね」
「沙良……」
「それなら、ミズキさんと会話がしたい」
　沙良の言葉にあたしは目を見開いた。
「なに言ってるの!?」
　死者と会話をするなんて、そんなことできるわけがない。
「人を呪い殺すっていう意思があるなら、会話だってできるはずでしょ」
「そんな……」
　沙良は藁にもすがりたい思いなのかもしれない。
　死者との交信なんて不可能に決まっている。
「待てよ。そういえばここに閉じ込められる前、円のホームページを確認したんだった」
　寛太がハッと息をのんでそう言った。
「何か更新されてたの？」
「そうだ。読む時間はなかったけど、スクリーンショットで撮影しておいたんだ。電波がなくても確認することができる！」
　そう言って、寛太はスマホを取り出した。
　あたしは寄り添うようにして寛太の隣に座った。
　沙良と博樹の２人も近づいてきた。
「これだ」
　画像を確認していた寛太が、みんなに画面を見せてきた。
【ある町の呪い動画】

そうタイトルをつけられている。
【ある町で１人の女性が自殺した。女性は両親を同時に亡くしていたため、それが原因だと思われる。だけど苦しんでいたのは彼女だけではなかった。彼女のことを愛していた男もまた、苦しんでいた。彼女のことを忘れたくない。ずっと一緒にいたい。その思いから、男は凶行に及ぶ。それは彼女の魂を再び呼び出し、彼女自身の呪いの動画を作り、それを日本中に拡散することだった。彼の思惑は着々と進んでいる。もうすぐ日本は呪いの動画に汚染されることだろう】
「何これ……」
　そこに書かれていることの一部は、ミズキさんと一致している。
　けれど、イケニエ制度のことや地下室での出来事は何も書かれていない。
「円はわざとあやふやな言い回しで書いてるんだと思う。あたしたちにだけ伝わるように」
　沙良がそう言った。
　そうかもしれない。
　ミズキさんの魂を操っている人間がいる。
　それが誰なのか、この町で探せということなんだろう。
「探したいけど、ここから出る方法がない……」
　博樹が絶望的な声でそう言った。
　水に濡れたせいで体温が奪われているのか、さっきより青白い顔をしている。

「どうにかしなきゃ」
　あたしはそう呟き、階段を上がっていった。
　今、体力的に一番動けるのはあたしだけだ。
　あたしが頑張らなきゃ、沙良は死んでしまう。
　外へ続いているドアを両手で思いっきり押すが、びくともしない。
「開いて……！」
　そう言い、もう一度全力でドアを押す。
「開いて、お願いだから！」
　今度は拳を握りしめてドアを叩いた。
　いったい何を重しにしているのか、１ミリの隙間もできない。
「イズミ」
　後ろから寛太がそう声をかけてきて、振り向いた。
「寛太は休んでて」
「好きな女が１人で頑張ってるのに、そんなわけにはいかないだろ」
　寛太が当たり前のようにそう言い、あたしの体を押しのけた。
「……今、なんて？」
　呆然としながらも、思わず聞き返していた。
「無駄話はあと」
　寛太はそう言うと、ドアを叩きはじめた。
　その頬が少しだけ赤く染まっているように見えた。
「誰か！　誰か開けてくれ！」

めいっぱいドアに近づき、叫ぶ寛太。
　あたしも手を伸ばし、ドアを叩いた。
「お願い！　誰か助けて！」
　２人がかりでドアを叩けば、かなり大きな音がする。
　しかし、それは家の外まで聞こえるほどの音ではない。
　あの男が去っていってから、家の中は静寂に包まれているようだ。
「よし、今度はドアを押すぞ」
　寛太がそう言ってきたので、あたしは頷いた。
「せーの！」
　かけ声をとともにドアを押す。
　全身の力を手に込めて、呼吸すら忘れて押していると、ほんの少しドアが動いたのがわかった。
　上に載せられていた重しが、ゴトンッと音を立ててずれたのがわかった。
　ハッとして寛太と目を見交わす。
「もう少しだ」
「うん！」
　もう一度、ドアに手を当てた時だった。
　沙良の悲鳴が聞こえてきて、あたしたちは手を止めた。
「沙良！　沙良！」
　博樹の叫び声。
「どうした!?」
　慌てて階段を駆け下りていくと、沙良の体が空中に浮かんでいるのを見た。

「いきなり、壁の中から白い手が出てきたんだ!」
　博樹がそう言い、沙良の体に手を伸ばしている。
　しかし沙良の体は天井まで引きずり上げられ、その首にはしっかりと白い手が絡みついている。
「沙良!」
　とっさに叫ぶが沙良は声も出せない状態だ。
　白い手は沙良の首をきつく締め上げている。
「やめて!　これ以上、人を殺さないで!!」
　ジタバタともがく沙良。
「くそ!　沙良を離せ!」
　博樹が沙良の体にしがみついた。
「やめてくれ!　ミズキさん、あんたは操られてるんだ!」
　懸命に叫ぶ寛太。
「あんたのことが好きだった男がいるんだろ!?　そいつがあんたの魂を操ってる!!　このままじゃ、あんただって苦しいだろ!?」
　沙良の顔は赤から青に変わっていく。
　だけど、手の力は弱まらない。
　寛太の声がミズキさんに届いているのかどうかも、わからない。
「沙良!　死ぬなよ沙良!」
　博樹が悲鳴を上げながら声をかける。
　しかし、沙良の体から徐々に力が抜けていっていることがわかった。
　さっきまでもがいていた手足が、今は垂れ下がっている。

「沙良……！」
　もう時間の問題だ。
　そう思った時だった、ふとある疑問が脳裏に浮かんだ。
　ミズキさん自身が完全に操られている状態なら、博樹を中途半端に怖がらせたりもできなかったんじゃないだろうかと。
　ミズキさんは完全に操られているわけじゃない。
　まだ自我がある状態かもしれない。
　それなら、ミズキさんはどうして自分の魂を操っている人間を殺そうとしないんだろうか？
　博樹の時と同じように、苦しめることだってできるはずなのに。
　まさか、ミズキさんは……。
「……ミズキさん。もしかして、ミズキさんもその人を愛してた？」
　あたしは小さな声でそう聞いた。
「愛してたから、魂を操られるがままになってるの？」
　続けてそう聞くと、途端に首に巻きついていた手が離れ、沙良の体が落下した。
　沙良が激しくせき込み、博樹が駆け寄る。
「沙良、大丈夫か!?」
「博樹……」
　苦しげな声で沙良が返事をする。
　博樹が沙良の体を支え、抱きしめた。
「愛し合ってたんだね……」

両想いだったのに、ミズキさんは町の人からひどい仕打ちを受けていた。
　好きな人には到底言えないような仕打ちだ。
　すべてを汚されてしまったミズキさんは、自殺することを選んだ。
　その気持ちは痛いほど理解できた。
　傷ついて汚されてしまった自分を、好きな人へ見せることなんてできなかっただろう。
「お願いミズキさん。相手の名前を教えて」
　あたしは誰もいない空間へ向けてそう言った。
「あたしたちはあなたの力になりたい。彼のことも助けてあげたい」
　ミズキさんを愛するあまり、その愛情が歪んだ形で出てきてしまった。
　そんな彼もまた苦しいだろう。
　ミズキさんの呪いを拡散させることで、ミズキさんに縛られているのは彼自身だ。
「お願いミズキさん」
　懇願するようにそう言うと、地下室に優しい風が吹いた。
　それは死者の魂が作った風だった。
「マツダ……ユウ……」
　響くような声が聞こえてきて、風は止まった。
　マツダユウ……。
　それが、ミズキさんと愛し合っていた男性の名前。
　ミズキさんの呪いの動画を作った人物の、名前……。

最終章

神社

　ガタンッと大きな音がして、何かが崩れた気配がした。
　ハッとして顔を上げると、寛太が階段を駆け上がっていくのが見えた。
「ドアが開くぞ‼」
　その言葉に、あたしは沙良を見た。
　まだむせているが、意識はしっかりと戻ってきている。
「歩ける？」
「大丈夫」
　そう答え、沙良は博樹の手を借りて歩き出した。
　あたしは２人のあとをついて階段を上がりはじめる。
　地下室から外へ出る瞬間、また風が吹いたように感じられて、あたしは振り向いた。
　真っ暗な地下室の中、白いワンピース姿で立つ女性の姿が一瞬見えて、すぐに消えた。
「イズミ？　どうした？」
　寛太に声をかけられて、ハッと我に返る。
　ぼんやりしている暇はない。
　精神的に疲れきってグッタリとしているけれど、あたしたちに休んでいる時間はなかった。
　４人で家を出ようとした時、沙良がその場に崩れ落ちてしまった。
「沙良⁉」

博樹が慌てて支えるけれど、沙良の体は言うことを聞かないようだ。
　青ざめた顔でこちらを見ている。
「沙良……！」
「ごめんイズミ。あたし、これ以上は足手まといになりたくない」
　震えた沙良の声に、全身が冷たくなっていく感覚がした。
「足手まといなんて、そんなことない！」
「だけど、あたしがいたらきっと迷惑がかかる！」
　沙良が必死に叫んだ。
　大きな声を出すだけでも辛そうな顔をしている。
「寛太。俺と沙良はここに残る」
　博樹が真剣な表情でそう言った。
「本気か？　もう少しで呪いが解けるかもしれないんだぞ？」
「でも、沙良にこれ以上の無理はさせられない」
　博樹の言いたいことはよくわかった。
「心配するな。休める場所をちゃんと探すから」
　博樹がそう続け、笑ってみせた。
「博樹……わかった」
　寛太が力強く頷いた。
「その代わり、2人とも絶対に死ぬなよ」
　そう言い、あたしと寛太は2人だけで家を出たのだった。

　外に出て、寛太はすぐに柏谷さんに電話をかけた。

地下室での出来事を簡単に説明し、マツダユウという人物について聞いている。
「そうですか。ありがとうございます」
　10分ほどの会話のあと、寛太は真剣な眼差しをこちらへ向けた。
「何かわかったの？」
「あぁ。この町でたった1つの神社があるらしい。マツダユウは、その神社の神主の息子だそうだ」
　神主の息子……。
　それなら人の魂を操ることも可能かもしれない。
　そういう特別な能力を、自分から身につけることだってできるかもしれない。
「場所は、あの丘の下あたりらしい」
「コスモスの丘の？」
「あぁ。すぐに行こう」
「うん」
　マツダユウに関する情報を得たあたしと寛太は、2人で神社へと急いだのだった。

　その神社はとても立派なものだった。
　町に1つしかないということもあり、とても手入れが行き届いている。
　大きな鳥居をくぐって境内へと入っていくと、おみくじやお守りといった看板が出ているのが目に入った。
　しかし、人の気配はどこにもない。

「この裏に家がある」
　そう言い、寛太は社務所の裏へと歩き出した。
　たしかに、そこには青い色の屋根の小さな家が建っていた。
　ここが神主さんの家なのかもしれない。
　表札を確認すると松田という苗字と、家族分の名前が書かれている。
　その中に松田裕という名前を見つけることができた。
　寛太は玄関先に立ち、チャイムを鳴らした。
　しかし、人が出てくる気配はない。
　駐車場に車も停まっていないし、誰もいないのかもしれない。
「すみません！　誰かいませんか!!」
　寛太が大声を上げはじめた。
　あたしも同じように、家の中へ向けて「誰かいませんか!?」と声を上げる。
　ここで引き下がってはすべてが水の泡になってしまう。
　ようやくここまで辿りついたんだ。
　絶対に松田裕という人に会って、話をする必要があった。
　執拗に声をかけていると、隣接して建てられている物置のほうから物音が聞こえてきた。
　あたしと寛太はすぐにそちらへ移動した。

「誰ですか？」
　怪訝そうな声とともに、扉が開かれる。

そこに立っていたのは20代前後に見える、青年だった。
　キレイな顔立ちをしていて、スラリと背が高い。
「突然押しかけてしまってすみません。あの、俺たち松田裕という方を探しているんです」
「松田裕なら、俺のことだけど」
　青年はそう言うと、あたしと寛太を吟味するように見つめた。
「少し、話を聞かせてもらえませんか？」
「話？　なんの？」
「冨福ミズキさんについてです」
　あたしがそう言うと、松田裕は目を見開いた。
「誰のことだ？」
　だけどすぐに表情を戻し、松田裕は素知らぬ顔でそう尋ねてきた。
「とぼけないでください！　知ってますよね、ミズキさんのことを」
　あたしは一歩前へ出てそう言った。
「聞いたことのない名前だな」
　そう言って首をかしげている。
「ミズキさん本人から、あなたの名前を聞いたんだ」
　寛太がそう言うと、松田裕は小さく鼻で笑った。
「本人から俺の名前を？　そんなはずないだろ」
「どうしてそう思うんですか？」
　寛太が質問を続ける。
「聞けるわけないだろ。ミズキはもう死んでるんだ」

その言葉に、あたしと寛太は目を見交わした。
「ミズキさんのことを知らないって言ってましたよね？ なのに、どうして亡くなったって知ってるんですか？」
　あたしが質問すると、松田裕は眉間にシワを寄せた。
　いかにも、面倒だというように大きなため息を吐き出す。
「あぁ、勘違いだ。ミズキはミズキでも、別のミズキのことだった」
「シラを切るのはやめてください！」
　あたしは思わずそう叫んでいた。
　こんなことで時間を使いたくない。
　こうしている間にも、沙良の身に危険が降りかかっているかもしれないんだ。
「あたしたちの友達が呪いの動画を受け取ったんです！」
「なんのことかわからない。帰ってくれ」
　松田裕はそう言い、玄関を開けて家の中に身を滑り込ませた。
「待てよ！」
　寛太が怒鳴り、閉められる寸前でドアに手をかけた。
「話はまだ終わってない！」
「こっちは話すことなんて何もない。あまり乱暴なことをすると警察に通報するぞ」
　松田裕のそんな脅しにも寛太はひるまなかった。
「警察に言いたけりゃ言えばいい！　こっちは学校中に呪いの動画が拡散されて、次々と仲間たちが死んでいってるんだ！」

寛太の叫びに、あたしも応戦した。
　ドアをこじ開けるために手を貸す。
　2人分の力にはさすがにかなわないようで、松田裕の手の力が緩んだ。
　大きくドアが開け放たれ、それと同時に足を踏み入れた。
　今さら不法侵入と言われても、そんなことどうでもよかった。
　沙良を助けることができるなら、犯罪者にだってなってやる。
「ちゃんと話を聞かせてもらうぞ」
　寛太の威圧的な声色に、松田裕がため息を吐き出したのだった。

　松田裕に通されたのは4畳半ほどの和室だった。
　ふすまを開けた瞬間、お香の香りが鼻孔を刺激する。
　通常の何倍も強い香りにむせてしまいそうになる。
「ここが俺の作業部屋だ」
　そう言い、松田裕は部屋に入っていった。
　あたしたちも入ろうとして、入り口の手前で足を止めた。
　そこは薄暗く、オレンジ色の裸電球1つで照らし出されている。
　部屋の壁や天井にはミズキさんの写真が所狭しと貼られていて、そのどれもがこちらへ向けてほほ笑んでいる。
　部屋の奥には長いテーブルが置かれ、その上にミズキさんの写真と無数のお線香がたかれているのがわかった。

異様な雰囲気に、この部屋に足を踏み入れることができなかった。
　死んだはずのミズキさんが、まるで生きているように感じられてくる部屋だ。
「ここが俺の儀式の部屋だ」
　松田裕の言葉に、あたしは寛太を見た。
　寛太は部屋の様子に圧倒されているのか、眉間にシワを寄せている。
「儀式って……？」
　寛太が声を絞り出すようにしてそう聞いた。
「キミたちが一番よく知ってるんじゃないか？」
　松田裕がそう言い、歪んだ笑顔を浮かべた。
「ミズキさんの魂を操る儀式……」
　あたしは松田裕を見てそう言った。
　松田裕は「そのとおり」と、不敵な笑みを見せた。
「どうして冨福ミズキさんの魂を利用しているんですか」
　寛太が松田裕を睨みつけながら聞いた。
「利用？　まさか。俺はミズキを今でも愛してるんだ。利用なんてしない」
「でも、あの呪いの動画を作ったのはあなたですよね!?」
　松田裕の余裕の表情にイラ立ちを覚えながら、あたしはそう言った。
「そのとおり。あの動画が拡散されればされるほど、ミズキが復活する日が近づくんだ」
　松田裕は自信に満ちた顔でそう言いきったのだ。

「復活って……蘇らせるつもりかよ」
　寛太が青ざめてそう言った。
「そのとおり！　人々の魂が集まってミズキはまた蘇るんだ！　この町に昔イケニエ制度があったことは知っているよな？　それと同じだよ。犠牲があってこそ、ミズキは蘇るんだよ!!」
　両手を天高く突き上げてそう断言する松田裕。
　その思考回路にはついていくことができなくて、あたしと寛太はあとずさりをした。
「そのために動画を作ったのか」
「そのとおりさ。ミズキの魂は一度成仏してしまっていたから、呼び出すのには苦労したよ」
「ミズキさんの魂を、無理やりこの世へと戻ってこさせたのか!!」
　寛太が叫び、松田裕の胸倉を掴んだ。
「言い方が悪いよ、キミ。俺とミズキは愛し合っていた。愛しい者の魂を近くに置いておきたいのは当然だろう」
「それが原因でミズキさんが苦しんでいても、同じことが言えるのか!?」
　寛太の言葉に松田裕は鼻を鳴らした。
「ミズキが苦しむ？　そんなこと、あるはずないだろ。ずっと俺と一緒にいられるんだ。ミズキだって幸せなはずだ」
　松田裕の狂った愛情に目眩を感じた。
　こんなの愛じゃない。
　ただの自己満足だ。

寛太はギリッと歯を食いしばり、松田裕から手を離した。
「この世に魂があることで、忘れたくても忘れられないことがあるかもしれない」
　あたしはゆっくりとそう言った。
「なんのことを言ってるんだ？」
　松田裕は乱れた襟元を整えてそう言った。
「ミズキさんのために建てられた地蔵は、手入れをしてもすぐに汚れてしまうんです。それは、ミズキさんの心が悲鳴を上げているからじゃないですか？」
　ミズキさんの身に起きたことを考えると、掃除を繰り返しても一向にキレイにならない地蔵のことが理解できた気がした。
　それは、ミズキさん自身が今も苦しんでいるからだ。
　ちゃんと成仏もできなくて、傷つけられた町に留まり続けるしかできない。
　そんな悲しみが現れているんだ。
「そんなの、ただの妄想にすぎないだろ」
　フンッと、鼻で笑う松田裕。
「あんたは、ミズキさんみたいに死んでいった町にいたいと思うか？」
　寛太が松田裕を睨みつけてそう言った。
「そりゃあミズキの死はかわいそうだったよ。両親を一度に失った喪失感は計りしれない。だからこそ！　またこの町からやり直せばいいんだろ!?」
　松田裕の言葉に、あたしと寛太は目を見交わす。

ミズキさんのことを愛しているなら、両親が亡くなったあとの出来事を重視するんじゃないだろうか。
　そう思うけれど、松田裕はさっきから地下室での出来事については何も語っていない。
「……もしかして、知らないんですか？」
　あたしは恐る恐るそう聞いた。
「何がだい？」
「ミズキさんの自殺の原因をです」
「両親が亡くなったショックからだ。さっきも言ったじゃないか」
　その言葉に寛太が眉間にシワを寄せた。
　本当に、知らないのだ。
　どうしてミズキさんが自殺したのかを。
「町の人たちがミズキさんのことを心配して、たびたびあの家を訪れていたことは知っていますか？」
　あたしが聞くと、松田裕は怪訝そうな表情を浮かべた。
「町の連中がミズキの家に？　柏谷さんがときどき様子を見に行ってくれているとは言っていたけれど……」
「他の人たちもです!!」
　寛太が声を荒げて叫ぶと、松田裕の表情が変わる。
　真剣な眼差しになり、あたしと寛太を見つめている。
「町の人たちは、柏谷さんとミズキさんを愛していたあなたには秘密にしてたんだ。ミズキさんもきっと、あなたにだけは知られまいと、なんでもないフリをしていたんです」
　あたしはゆっくりと、町の男から聞いた話をしはじめた。

地下室にあった血痕も、その原因も。
話をしている間も呼吸が苦しくなるくらい辛かった。
けれど、これは隠しておいていいことじゃない。
ミズキさんには申し訳ないけれど、ちゃんと話をさせてもらわないといけないことだった。
「嘘だ、そんなの……」
松田裕は目を見開き、肩で呼吸をしながらそう言った。
「帰ってくれ！　そんなデマを俺に吹き込んでどうするつもりだ‼」
怒鳴り声を上げ、あたしと寛太の体を突き飛ばす。
その拍子に体のバランスを崩したけれど、どうにか両足で踏ん張った。
「本当のことなんです！　ミズキさんの家にはその証拠も残ってる！」
寛太が叫ぶ。
しかし、松田裕は目を吊り上げて「うるさい‼」と声を荒げた。
突然訪れた、あたしたちの言葉を信用できないのはよくわかる。
けれど、松田裕はあたしたちの言葉を信じたくなくて、ジタバタと駄々をこねているように感じられた。
「松田さん……もしかして、何か知っているんじゃないですか？」
そう聞くと、松田裕はグッと押し黙ってしまった。
目を泳がせ挙動不審になる。

「まさかあんた、ミズキさんの身に何が起こっていたのか知ってたのか？」
「知らない!!」
　寛太の言葉にまた怒鳴る松田裕。
　どう見ても様子がおかしい。
「あなたは何が起こっているのか知らなかった。けれど、感づいてはいたんじゃないですか？　屋台のお兄さんが言ってました。この町のお祭りに参加しない人もいるって。それって、あなたのことじゃないですか？　ミズキさんを追い詰めた連中が参加しているお祭りに、あなたは参加したくなかった」
　ただの勘だったけれど、あたしはそう言いきった。
　愛する人の変化を、まったく見抜けないほど鈍感じゃないだろう。
　松田裕は、ミズキさんの変化に気がついていたのだ。
　松田裕は徐々に笑顔をなくし、眉間に深くシワを寄せた。
「俺は何もできなかった。ミズキに何を聞いても『なんでもない』、『大丈夫だから』を繰り返して……。何か隠していることはわかってたんだ。でも、言いたくないなら無理に聞き出さなくてもいいと思ってた。そしたら、あんなことに……!!」
　松田裕は叫ぶようにそう言うと、その場に膝をついて頭を抱えた。
「俺は知ってたんだ！　ミズキの変化に気がついてた！　それなのに、それなのに、何もできなかったんだ!!」

悔しくて悔しくてどうしようもない。
　そんな思いが伝わってくるようだった。
「だから俺はもう一度ミズキと話がしたかった。俺に言えなかったことを、ちゃんと聞きたかった‼」
「……だから、ミズキさんを蘇らせようとしたのか」
　寛太が呟くようにそう言った。
「そうだ。そのとおりだ」
　松田裕は頭を抱えたまま肯定した。
　途端に、寛太の目が吊り上がるのがわかった。
「寛太」
　あたしが止める暇もなかった。
　寛太はうずくまっている松田裕の胸倉を掴むと、無理やり立たせたのだ。
「そのせいで何人もの人間が死んでも、お前はなんとも思わないのかよ‼」
　松田裕は寛太にされるがままで、視線もおぼつかない。
「寛太……」
　今まで死んでいった同級生の顔が思い出されて、ジワリと涙が浮かんできた。
「松田さん。ミズキさんの家に行きましょう。ちゃんと、現実を見てください」
　あそこに行けば、きっとすべてを理解してくれるはずだった。
　松田裕は何も答えなかったけれど、あたしたちについて歩き出したのだった。

呪い

　ミズキさんの家に近づくにつれて、あたしの歩調は速くなっていった。
　今さらながら、沙良と博樹のことが心配になってきた。
　せめて柏谷さんを呼んで、ついていてもらえばよかったかもしれない。
　そう思いながら足早でミズキさんの家へと向かう。
　相変わらずツタが絡まった不気味な外観をしている。
　家に一歩足を踏み入れた瞬間、違和感が胸を刺激した。
　ホコリの積もっている廊下をジッと見つめる。
　何がおかしいのかすぐにわかった。
　足跡の数だ。
　あたしたち４人と、町の男性１人。
　計５人分の足跡にしては多いように感じられた。
　靴底の種類が違うものがいくつかあるようだった。
　それを確認したあたしは、弾かれるようにして家の中へと急いだ。
「沙良!?」
　名前を呼びながら和室を開けた。
　その瞬間。
　見知らぬ数人の男性が、沙良の上に覆いかぶさっているのが見えた。
　沙良は口を塞がれていて声を出せない状態だ。

博樹は殴る蹴るの暴行を受けたうえ、手足を拘束されて口に靴下をねじ込まれている。
　そのひどい様子に、体の体温がスッと冷えていくのがわかった。
　ミズキさんを自殺へ追いやったのも、こいつらだ。
　さっきの男と、屋台のお兄さんもいる。
　こいつらが、ミズキさんを殺したんだ！
　そう思うと全身から怒りが湧き上がってくる。
「チッ」
　男の誰かが舌打ちをして沙良から手を離す。
　途端に沙良が甲高い悲鳴を上げた。
「沙良！」
　あたしは沙良に駆け寄った。
「沙良、大丈夫!?」
　その体を抱きしめると、沙良は震えながらも頷いた。
　衣類に乱れはなく、ケガをしている様子もない。
　そのことにホッとしたが、それもつかの間だった。

「お前ら……」
　いつの間にか部屋に入ってきた松田裕が、男たちの顔を確認して表情を引きつらせた。
「またお前か」
　1人の男がヘラッと笑ったかと思うと、全員が松田裕を取り囲んだ。
「お前はミズキと一緒に死んだと思ってたのに、まだ生き

てたか」
「引きこもりの息子が、何しに来たんだ」
「伝統的な祭りにも参加せずに、いい身分だよなぁ」
　男たちは口々に松田裕をののしりはじめたのだ。
　寛太が博樹に駆け寄り、拘束を解いている。
「お前たちがミズキを殺したんだ」
　囲まれている松田裕が、低く唸るような声でそう言った。
「はぁ？　なに言ってんだこいつ」
「引きこもりすぎて変な妄想に取りつかれたか？」
「こいつに取りついてんのはミズキだろ」
　そう言い、大きな声で笑いはじめる男たち。
「ちょっと……」
　思わず声を上げそうになる。
　そんなあたしを、寛太が止めた。
「イズミは博樹と沙良を頼む」
　そう言われ、あたしは渋々2人と一緒に部屋の外へと移動した。

「博樹、大丈夫？」
　グッタリと座り込んでいる博樹に声をかけた。
　ずいぶんひどい暴行を受けたようで、右目が腫れて開かなくなっている。
「博樹は、あたしのことを必死で守ってくれたの」
　沙良が涙声でそう言った。
「何度殴られても、絶対に逃げ出さなかったの」

そう言い、沙良が博樹の体を抱きしめた。
　博樹は疲れ果てた表情を浮かべながらも、「俺は平気だから……早く助けを呼べよ」と、言ってくれた。
　そうだ。
　ここでのんびりしている場合じゃない。
　柏谷さんを呼ばないと。
　あたし頷き、スマホを取り出した。
　その時だった。
　室内から大きな物音が聞こえてきて、あたしはスマホを床に落としてしまった。
　見ると、寛太が横倒しに倒れているのがわかった。
　体くの字に曲げて腹部を押さえている。
「寛太！」
　思わず叫び声を上げて駆けつけていた。
「バカ、来るなよ！」
　痛みに耐えながらも寛太は叫ぶ。
「だって！」
　寛太を放ってなんておけない。
　そう言う暇もなく、あたしの体は寛太から引き離されていた。
　男の１人に、両手を拘束されてしまった。
「沙良！　柏谷さんに電話！」
　あたしは大声で叫んだ。
　青ざめた沙良があたしのスマホを手に取り、玄関へ向けて駆け出した。

博樹がそのあとを追いかける。
「あ〜あ、お前のせいでかわいいほうが逃げちゃったじゃん。どうしてくれんだよ」
　男が、わざとらしく聞いてくる。
　あたしは男を睨み返した。
「陽介(ようすけ)、いい加減にしろよ！」
　松田裕が相手の名前を震える声で呼んだ。
　陽介と呼ばれた男が振り向いた。
「お前に馴れ馴れしく呼ばれたくねぇんだよ！」
　そう怒鳴り、陽介は松田裕の腹部へ向けて蹴りを入れた。
　松田裕は自分の身を投げ出すようにして床に転がり、どうにかそれを避けた。
「昔っから裕ばっかりモテて俺たち損してたもんなぁ〜」
「そうそう。町一番のミズキちゃんまでお前と付き合うから、俺たちだってちょっとくらい、いい思いがしたかったってわけよ」
「ちょっとつまみ食いしただけで、す〜ぐ死んじまったけどなぁ！」
　4人はさも楽しそうに笑い声を上げる。
　胸の奥底から怒りが込み上げてくるのがわかった。
　このクズみたいな男たちのせいで、ミズキさんは死んだんだ。
　それが原因で呪いの動画が作られた!!
「なんでだよ、お前ら……。俺とミズキが付き合いはじめた時、応援してくれたじゃないか……」

そう言って身を起こそうとする松田裕の体を、男が踏みつけた。
「そんなの、嘘に決まってんだろ」
「俺らさ、お前のこと友達だなんてこれっぽっちも思ってなかったんだよ」
「1人で友達ヅラして、バカじゃねぇの？」
　部屋の中に笑い声が聞こえてくる。
　自分のことを言われているわけじゃないのに、侮辱的な言葉に吐き気が込み上げてきた。
　こんなにひどい人間たちを、あたしはこれまで見たことがなかった。
「おいおい、お前も大人しくしておけよ」
　上半身を起こそうとしていた寛太が、平手打ちを浴びて再び倒れ込んだ。
「お楽しみの前にカギかけてこなきゃ。お前らの仲間が柏谷さんを呼んだんだろ？」
　男があたしの頬を軽く叩き、そう聞いてきた。
　あたしは男を睨みつける。
　あたしに力があれば、こんな奴ら全員殺せるのに！
　煮えたぎるような怒りを感じたその時だった。
　後方から風が吹いてきた。
　とても冷たくて、体の芯まで凍えそうな風だった。
　その風はあたしの体を通り抜け、松田裕の隣で停止した。
　寛太も寒さに気がついたのか、目を見開いた。
　男たちは何も気がつかないのか、ニヤニヤと嫌らしい笑

みを浮かべたままだ。
　風に気がついた松田裕が、せわしない様子で室内を見回している。
　あの風はきっと、ミズキさん……。
　そう思った次の瞬間、あの歌声が聞こえてきたのだ。
　キレイで透き通るような歌声が、悲しいイケニエの歌を歌っている。
　松田裕が驚いたように目を見開いた。
「ミズキの声だ！」
　松田裕が大きな声でそう言った。
　あたしも、この歌声を何度も聞いたからミズキさんのものだとすぐにわかった。
「はぁ？　なに言ってんだお前」
　男たちは歌声に顔をしかめながらも、松田裕の言葉を信じていない。
　小さな歌声が、徐々に大きく聞こえてくる。
　ミズキさんがすぐそばにいる。
　そう思い、あたしは体を硬直させた。
「ユルサナイ……」
　部屋に響き渡るようにミズキさんの声が聞こえてきた次の瞬間、４人の男たちの体が撥ね飛ばされていた。
　壁に激突して、うめき声を上げる男たち。
　開放されたあたしは、すぐに寛太に駆け寄った。
　松田裕は驚きながらも「ミズキ」と、何もない空間へ向けて呟いた。

その目は一点だけを見つめている。
　もしかしたら、松田裕にはミズキさんの姿が見えているのかもしれない。
　しかし、その表情は一瞬にして怯えたものへと変化した。
「ミズキ、お前……」
　そう言い、口をつぐむ松田裕。
　あたしは松田裕が見ている空間へと視線を向けた。
　そこには何もないはずなのに、冷たい空気が動いているのがわかった。
　その空気はさっきよりも重たく感じられ、ミズキさんの怒りを含んでいるように思えた。
「俺は、もう一度お前に会いたくて！」
　松田裕が空中へ向けてそう言った時、低い地響きのような声が聞こえてきた。
「オオオオオオオオオォォォォォォォォォォ……」
　ミズキさんの悲痛な叫びが家中に響き渡る。
　それは地震のようになってガラス窓を揺らしはじめた。
　部屋の窓ガラスが音を立てて割れ、あたしと寛太はとっさに身を低くした。
　しかし、それだけでは収まらず、家のあちこちがミシミシと悲鳴を上げはじめたのだ。
　ミズキさんの怒りが頂点へと達していることがわかり、あたしは寛太の体を抱きしめた。
「早く逃げなきゃ、家が崩れるかもしれない」
　寛太のそんな声は、他の人たちには届いていない。

「ミズキ……」
　松田裕は自分のしていたことがどれだけ身勝手だったのか理解したようで、唖然とした表情で空間を見つめている。
「ごめんミズキ。ごめん……」
　松田裕の手が空間へと伸びる。
　その時だった。
　4人の男が逃げようとして立ち上がった。
　しかし、それと同時に男たちの足元の畳が一斉に浮き上がったのだ。
「うわぁ！」
「やめろ！　やめてくれ！」
　叫び声を上げながら逃げ惑う男たち。
　その悲鳴に合わせて、音楽を奏でるようにミズキさんの仏壇に亀裂が走りはじめた。
「寛太、立てる!?」
「あぁ……」
　寛太はどうにか立ち上がり、松田裕へ視線を向けた。
　天井から砂ボコリが舞い落ちる中、松田裕はジッと何もない空間を見つめ続けている。
「逃げろ！　逃げろぉ！」
　男たちがあたしと寛太の体を押しのけて部屋から逃げようとする、しかし、見えない壁に行く手を塞がれているようで弾き返されてしまった。
　男たちの体が床へと叩きつけられる。
　あたしたちは呆然として、その様子を見つめていた。

ミズキさんの低い唸り声はさらに激しさを増し、天井の一部が剥がれ落ちてきた。
　このままじゃ本当に死んでしまう！
　あたしは寛太とともに部屋を出た。
「おい！　あんたも逃げるぞ！」
　松田裕へ向けてそう叫ぶ寛太。
　しかし、寛太の声なんて聞こえていないようで、松田裕は一歩も動こうとしない。
「おい！」
　寛太が手を差し伸べようとした瞬間だった。
　男たちの皮膚がパシッと音を立てて裂けたのだ。
　寛太が伸ばした手をサッと引っ込めた。
　それは小さな小さな裂け目だった。
　男たちは一瞬何が起こったのか理解できない様子だったが、すぐにその痛みに叫び声を上げた。
　思い出したように血が溢れ出し、男たちの体を赤く濡らしていく。
　それでも裂け目は止まらない。
　パシッパシッパシッ。
　何度もそんな音がして目元が裂け、眼球が転がり落ちた。
「やめろ、やめてくれ‼」
　片目が空洞と化した男が声を上げる。
「俺が悪かった！」
「すまなかった！　謝るから‼」
「殺さないでくれ‼」

悲痛な叫びが部屋に充満しても、ミズキさんの呪いは止まらなかった。
　ジワジワとなぶるように男たちを苦しめているのがわかった。
　そんな中でも、松田裕はジッとその場に立ち尽くして動かなかった。
　時折消えてしまいそうな声で「ごめん……ごめん、ミズキ」と言っているのがわかった。
　やがて男たちは体中から血を流し、声を上げることもできなくなった。
　それでもまだ生きていた。
　ミズキさんの高らかな笑い声が家中に響き渡り、仏壇に置かれていた写真立てにヒビが入った。
　ミズキさんは男たちを弄んでいるのだ。
　まるで、小さなモルモットをいたぶるかのように。
　壮絶な現場を目撃して、足元がふらついた。
　立っていることもままならなくて、寛太に支えてもらっていないといけない状態だ。
　けれど、心の中はどこかスッキリしていた。
　ミズキさんを苦しめ死に追いやった人間が、本人によって裁かれたのだ。
　これで、ミズキさんの気持ちも少しは晴れただろう。
「ミズキ、ごめん……。お前をここまで追い詰めたのは、この俺だ」
　松田裕が空中へ向けてそう言った。

「お前の魂は安らかに眠っていたのに、それを俺が……！」
　松田裕の目に涙が浮かんだ。
　それは頬を流れ落ち、血が染み込んだ畳へと吸い込まれていく。
「お前がこんなに苦しんでいたなんて思わなかった！　また会いたくて、ただそれだけで俺は！」
　松田裕が叫んだ時、落下してきた天井の欠片がふわりと空中へ浮き上がった。
　鋭く尖った先が松田裕へと向けられている。
「ミズキさん!?」
　寛太が声を上げる。
　松田裕が浮かんでいる木片に気がついた。
　しかし、その表情はとても穏やかだった。
　口元に笑みを浮かべ、少し顔を上げて自分から喉元をさらしたのだ。
「何してるんですか！　逃げてください！」
　寛太が叫ぶ。
　松田裕はゆっくりと左右に首を振った。
「俺は、ミズキに殺されるのなら本望だよ」
　そう言いながらも、松田裕の体は震えていた。
　本当は怖いんだ。
　誰だってそうだ。
　自分がもう死ぬかもしれないとわかっていて、怖くない人間なんていない。
「なんでですか！　みんな、あなたの作った動画に怯えて、

カウントダウンが差し迫っても必死で生きてるのに！」
　あたしはそう叫んでいた。
　気がつけば、涙がこぼれ出していた。
「あなたのせいでたくさんの人が死んだ！　だけどその誰１人として、死にたいなんて願っていなかった！　それなのに、呪いの動画を作ったあなたが簡単に死ぬなんて許さない！」
　好きな人に殺されるのが本望だなんて言わせない。
　自分だけ幸せな死に方をするなんて、絶対に許さない。
「法律では裁かれないかもしれないけど、あなたは生きながら償っていくべきなんです！」
　幸穂の顔が浮かんできていた。
　リナの顔が浮かんできていた。
　後輩たちの顔が浮かんできていた。
　みんな、みんなこの男に殺されたんだ！
　途端に、松田裕はうつむきその場に膝をついた。
　両手で顔を覆い、嗚咽している。
　ようやく、自分がしてきた罪を理解してくれたのだろう。
　空中に浮かんでいた欠片が、力を失ったように落下していった。
「あなたは……生きて……」
　そんな優しい声が聞こえてきて、松田裕の隣の空間がキラキラと輝いて見えた。
　目をこすり、何度も確かめる。
　輝く光の中に、とても美しい若めの女性が立っているの

が見えた。
「ミズキ……。ごめん、俺……」
　あれが、ミズキさん……。
　写真で見るよりも、ずっとキレイな人だ。
　ミズキさんは左右に首を振り、松田裕の手を握りしめた。
　町一番と言われているだけあって、女性のあたしでもミズキさんに笑顔を向けられれば照れてしまうだろう。
　だからこそ、狙われてしまったんだ。
　最悪な奴らに。
「ミズキ……」
　松田裕の顔が歪む。
　これがミズキさんとの最後の別れだとわかっているからか、彼の目には涙が浮かんでいた。
「ミズキ……俺は、お前を解放する……」
　松田裕がそう言った瞬間、家が大きく揺れた。
　まるで大地震でも訪れたような揺れに、あたしはその場に尻もちをついてしまった。
　男たちが悲鳴を上げながら、どうにか這って逃げようとしている。
　ミズキさんの体が浮かび上がり、それは黄金色の光に包まれた。
　ミズキさんの怒りや悲しみといった感情が、黒いモヤとなって体から抜け出ていくのを見た。
「生きて」
　ミズキさんの声が鈴の音のように響き渡った。

「行こう、イズミ。家が崩れる」
　寛太があたしの手を握りしめてそう言った。
「でも……」
　松田裕がまだその場から動こうとしない。
「早く！」
　寛太に手を引かれ、あたしは転げるようにして家をあとにしたのだった。

　振り返って確認してみると、家の窓から光がキラキラと輝きながら天へと上っていくのが見えた。
　その直後だった。
　ゴゴゴッと低い地鳴りが聞こえてきたかと思うと、ミズキさんの家が崩れ落ちはじめたのだ。
「松田さん！」
　声をかけるが、返事はない。
「離れたほうがいい」
　寛太がそう言い、あたしの手を引いて道路まで出た。
「松田さん！」
　再び叫び声を上げたが返事はなく、家は土ボコリを巻き上げながら、完全に倒壊していたのだった……。

1か月後

あたしたちは、いつもの日常へと戻ってきていた。

いなくなってしまった生徒たちのお墓を巡り、最後にリナのお墓参りを終えたあたしと寛太、沙良と博樹は立ち上がった。

呪いの全貌を知っている人間はあたしたち4人と、松田裕しかいない。

あのあと呪いの動画はあっという間に消えてなくなり、呟きサイトをどう探してみても出てこなかった。

街へ戻ってきてからリナの家へ行くと、辛うじて壊れていなかったスマホが見つかっていた。

それを調べてみても、あの動画はすでに消え、どこにも残ってはいなかった。

そして、あたしたちが学校へ戻った時にはさらに数人の生徒たちがあの動画で命を落としたあとだった。

彼らを助けられなかったことに、胸が痛んだ。

あたしたちはもう、あのサイトには登録しない。

巻き込まれるのはごめんだった。

「すっかり夏になったね」

空を見上げて沙良がそう言った。

空には入道雲がのんびりと流れている。

「そうだね」

あたしはそう返事をした。

「夏休みどうする？」
　博樹がそう聞いてきた。
「まだ決めてないよ。沙良は？」
「あたしもわかんないなぁ」
「それなら、あの町に行かねぇ？」
　寛太の言葉に、あたしと沙良は絶句した。
「な……んで？」
「松田裕に会いにだよ。あいつ、友達いなそうじゃん」
　寛太が笑いながら言い、あたしと沙良は目を見交わす。
　正直、あの町に行くことはもうないだろうと思っていた。
　松田裕はあのあと瓦礫の山から助け出され、回復したと柏谷さんが教えてくれた。
　今では神社の仕事を毎日頑張っているそうだ。
　それが償いの１つになると思っているのかもしれない。
　他の４人の男たちも同様に助けられたが、１週間ほど病院で苦しみぬいて死んでいったそうだ。
　ミズキさんの呪いの深さに、今さらながら恐怖を覚えた。
　沙良はそんな呪いによって殺されるところだったのだ。
「まぁ、遊びに行くくらいなら、ねぇ？」
　と、沙良。
「沙良がいいなら、あたしもいいけど」
　あの恐怖の出来事を思い出してしまうのは、辛くないんだろうか……。
「よし、じゃあ決まりな！」
「寛太は本当、人のことほっとけない性格だな」

博樹はそう言い寛太の肩を叩いた。

　夏休みは、松田裕と友達になるためにあの町へ行く。

　そう思った時、沙良のスマホにメールが届いた。

「友達？」

　あたしはそう聞いた。

「うん。円から」

　そう返事をする沙良の表情が険しくなった。

「どうしたの、沙良？」

「これって……」

　沙良が、スマホの画面をあたしたちにも見えるように掲げてくれた。

　画面上にはリンクが張られていて【ごめん沙良】と一言添えられている。

　リンクをタップすると、真っ暗な動画が流れはじめた。

「なんだこの動画」

　寛太が首をかしげる。

「なんだろうね？」

　あたしも首をかしげた次の瞬間、画面上に真っ赤な文字が滲むように浮かんできた。

【残り、5日】

END

あとがき

　みなさまはじめまして、またはお久しぶりです、西羽咲です。
　このたび、新しいタイトル「キミが死ぬまで、あと5日」として世の中に出ることになった「拡散希望」を手に取っていただき、誠にありがとうございます！

　この作品、じつは数年前に書いた作品を書き直したものになります。
　もともとの「拡散希望」は虐待死した動物たちの怨霊がスマホに宿るという内容でした。しかしながら、書きながら野いちご向けじゃないなと感じてきて、結局どこにも公開せず、自分のパソコンの中でお蔵入りになっていました。
　それが去年「どこにも公開してない作品を書き直そう！」と、思い立ち、プロットから全部作り直しました。
　そうして少しは野いちご向けになったかなと思い、ようやく公開できた作品です。いろいろあって公開できた作品なので、こうして形になったことがすごくうれしいです！
　たまには自分の過去作品の整理や書き直しをしてみるのもいいですね。思わぬ幸運が舞い込んでくるかも！

　「拡散希望」に出てくるキャラクターたちは、前作の「自殺カタログ」に比べると、性格のいい子ばかりです。友達

のため、好きな人のために奮闘する彼らを書きながら、なんていい子なんだろうと私自身ため息が出ました。

　正直、書きやすさで言えば性格の悪い主人公のほうが書きやすいのですが（笑）、友達のために走り回る彼らを書くことも、とっても楽しかったです。自分もこんな熱い青春時代を送りたかったなと、学生時代を思い返しました。

　サイトに公開している本作では恋愛要素はそれほど強く出ていなかったのですが、今回大幅に加筆する際に恋愛要素も増やしました。

　脇キャラだった博樹も、カッコいいキャラクターに大変身していると思います。個人的にも加筆後の博樹のキャラクターが気に入っています。

　そんなところも踏まえてサイトの「拡散希望」と文庫の「キミが死ぬまで、あと5日」を読み比べていただけると、また面白いかもしれません！

　最後になりましたが、この文庫を手に取ってくださったみなさま、お世話になりっぱなしのスターツ出版のみなさま、素敵な表紙を描いてくださった黎（クロイ）さま、その他いろいろな場所で応援してくださっているみなさま、心より感謝申し上げます！

　みなさまの支えのおかげで毎日楽しく小説を書くことができています！

　☆今が一番幸せ☆

2018.3.25　西羽咲花月

この物語はフィクションです。
実在の人物、団体等とは一切関係がありません。

♥

西羽咲花月先生への
ファンレターのあて先

〒104-0031
東京都中央区京橋1-3-1
八重洲口大栄ビル7F

スターツ出版（株）書籍編集部 気付
西羽咲花月先生

キミが死ぬまで、あと5日
〜終わらない恐怖の呪い〜
2018年3月25日　初版第1刷発行
2019年4月13日　　　第2刷発行

著　者　西羽咲花月
　　　　©Katsuki Nishiwazaki 2018

発行人　松島滋

デザイン　カバー　ansyyqdesign
　　　　　フォーマット　黒門ビリー&フラミンゴスタジオ

ＤＴＰ　朝日メディアインターナショナル株式会社

編　集　長井泉　酒井久美子

発行所　スターツ出版株式会社
　　　　〒104-0031 東京都中央区京橋1-3-1　八重洲口大栄ビル7F
　　　　出版マーケティンググループ　TEL03-6202-0386
　　　　（ご注文等に関するお問い合わせ）
　　　　https://starts-pub.jp/

印刷所　共同印刷株式会社
Printed in Japan

乱丁・落丁などの不良品はお取替えいたします。上記出版マーケティンググループまで
お問い合わせください。
本書を無断で複写することは、著作権法により禁じられています。
定価はカバーに記載されています。

ISBN 978-4-8137-0427-0　C0193

ケータイ小説文庫　2018年3月発売

『1日10分、俺とハグをしよう』Ena.・著

高2の千紗は彼氏が女の子と手を繋いでいるところを見てしまい、自分から別れを告げた。そんな時、学校一のプレイボーイ・泉から"ハグ友"になろうと提案される。元カレのことを忘れたくて思わずオッケーした千紗だけど、毎日のハグに嫌でもドキドキが止まらない。しかも、ただの女好きだと思っていた泉はなんだか千紗に優しくて…。

ISBN978-4-8137-0423-2
定価:本体560円＋税

ピンクレーベル

『キミを好きになんて、なるはずない。』天瀬ふゆ・著

イケメンな俺様・都生に秘密を握られ、「彼女になれ」と命令された高1の未希。言われるがまま都生と付き合う未希だけど、実は都生の友人で同じクラスの朔に想いを寄せていた。ところが、次第に都生に惹かれていく未希。そんなある日、朔が動き出し…。3人の恋の行方にドキドキが止まらない！

ISBN978-4-8137-0424-9
定価:本体590円＋税

ピンクレーベル

『君の消えた青空にも、いつかきっと銀の雨。』岩長咲耶・著

奏の高校には『雨の日に相合傘で校門を通ったふたりは結ばれる』というジンクスがある。クラスメイトの凱斗にずっと片想いしていた奏は、凱斗に相合傘に誘われることを夢見ていた。だが、ある女生徒の自殺の後、凱斗から「お前とは付き合えない」と告げられる。凱斗は辛い秘密を抱えていて…？

ISBN978-4-8137-0425-6
定価:本体560円＋税

ブルーレーベル

『夏色の約束。』逢優・著

幼なじみの碧に片想いをしている菜摘。思い切って告白するが、碧の心臓病を理由にふられてしまう。菜摘はそれでも碧をあきらめられず、つきあうことになった。束の間の幸せを感じるふたりだが、ある日碧が倒れてしまって…。命の大切さ、切なさに涙が止まらない、感動作！

ISBN978-4-8137-0426-3
定価:本体560円＋税

ブルーレーベル

ケータイ小説文庫 好評の既刊

『自殺カタログ』 西羽咲花月・著

同級生からのイジメに耐えかね、自殺を図ろうとした高2の芽衣。ところが、突然現れた謎の男に【自殺カタログ】を手渡され思いとどまる。このカタログを使えば、自殺と見せかけて人を殺せる。つまり、イジメのメンバーに復讐できることに気づいたのだ。1人の女子高生の復讐ゲームの結末は!?

ISBN978-4-8137-0307-5
定価:本体 590 円+税

ブラックレーベル

『彼に殺されたあたしの体』 西羽咲花月・著

あたしは、それなりに楽しい日々を送る一見普通の高校生。ところが、平凡な毎日が一転する。気づけば…あたしを埋める彼を身動きせずに見ていたのだった。そして今は、真っ暗な土の中で、誰かがあたしを見つけてくれるのを待っていた。なぜ、こんなことになったの? 恐ろしくて切ない新感覚ホラー作品が登場!

ISBN978-4-8137-0242-9
定価:本体 560 円+税

ブラックレーベル

『感染学校』 西羽咲花月・著

愛莉の同級生が自殺してから、自殺&殺人衝動を持った生徒が続出。ところが突然、生徒と教師は校内に閉じ込められてしまう。やがて愛莉たちは、校内に「殺人ウイルス」が蔓延していることを突き止めるが、すでに校内は血の海と化していて…。感染を避け、脱出を試みる愛莉たち。果たしてその運命は!?

ISBN978-4-8137-0188-0
定価:本体 590 円+税

ブラックレーベル

『絶叫脱出ゲーム』 西羽咲花月・著

高1の朱里が暮らす【mother】の住民は、体内のICチップで全行動を監視されていた。ある日、朱里と彼氏の翔吾たちは【mother】のルールを破り、【奴隷部屋】に入れられる。失敗すれば命を奪われるが、いくつもの謎を解きながら脱出を試みる朱里たち。生死をかけた脱出ゲームが、今はじまる!

ISBN978-4-8137-0115-6
定価:本体 570 円+税

ブラックレーベル

ケータイ小説文庫 好評の既刊

『カ・ン・シ・カメラ』 西羽咲花月・著

彼氏の楓が大好きすぎる高3の純白。だけど、楓はシスコンで、妹の存在が純白をイラつかせていた。自分だけを見てほしい。楓をもっと知りたい。そんな思いがエスカレートして、純白は楓の家に隠しカメラをセットする。そこに映っていたのは、楓に殺されていく少女たちだった。そして混乱する純白の前に現れたのは……。衝撃の展開が次々に押し寄せる驚愕のサスペンス・ホラー。

ISBN978-4-8137-0064-7
定価:本体580円+税

ブラックレーベル

『彼氏人形』 西羽咲花月・著

高2の陽子は、クラスメイトから"理想的な彼氏が作れるショップ"を教えてもらう。顔、体格、性格とすべて自分好みの人形と疑似恋愛を楽しもうと、陽子は軽い気持ちで彼氏人形を購入する。だが、彼氏人形はその日から徐々に凶暴化して…。人間を恐怖のどん底に陥れる彼氏人形の正体とは!?

ISBN978-4-88381-968-3
定価:本体550円+税

ブラックレーベル

『リアルゲーム』 西羽咲花月・著

ゲームが大好きな高2の芹香。ある日突然、芹香の携帯電話が壊れ、画面に「リアルゲーム」という表示が。芹香は気味の悪さに怯えつつも、なぜかそのゲームに惹かれ、登録してしまう。だが、軽い気持ちで始めたゲームは、その後次々に恐ろしい出来事を巻き起こす「死のゲーム」だった!?

ISBN978-4-88381-938-6
定価:本体570円+税

ブラックレーベル

『爆走LOVE★BOY』 西羽咲花月・著

かわいいけどおバカな亜美は受験に失敗し、全国的に有名な超不良高校へ。女に飢えたヤンキーたちに狙われるキケンな日々の中、亜美は別の高校に通う彼氏・雅紀が見知らぬ女といるところを目撃し別れを告げる。その後、高3の生徒会長・樹先輩と付き合うが、彼には"裏の番長"という別の顔が!?

ISBN978-4-88381-758-0
定価:本体540円+税

ピンクレーベル

ケータイ小説文庫　好評の既刊

『イジメ返し　恐怖の復讐劇』なぁな・著

正義感の強い優亜は、イジメられていた子を助けたことがきっかけでイジメの標的になってしまう。優亜への仕打ちはどんどんひどくなるけれど、担任は見て見ぬフリ。親友も、優亜をかばったせいで不登校になってしまう。孤立し絶望した優亜は、隣のクラスのカンナに「イジメ返し」を提案され…？

ISBN978-4-8137-0373-0
定価：本体590円＋税

ブラックレーベル

『神様、私を消さないで』いぬじゅん・著

中2の結愛は父とともに永神村に引っ越してきた。同じく転校生の大和とともに、永神社の秋祭りに参加するための儀式をやることになるが、不気味な儀式に不安を覚えた結愛と大和はいろいろ調べるうちに、恐ろしい秘密を知って……？
大人気作家・いぬじゅんの書き下ろしホラー!!

ISBN978-4-8137-0340-2
定価：本体550円＋税

ブラックレーベル

『爆発まで残り5分となりました』棚谷あか乃・著

中学の卒業式をひかえた夏伪たちのまわりで、学校が爆発する事件が立て続きに起こる。そして、不可解な出来事に巻き込まれながら迎えた卒業式。アナウンスから流れてきたのは、「教室を爆発する」というメッセージだった…。中学生たちの生き残りをかけたデス・ゲームが、今はじまる。

ISBN978-4-8137-0275-7
定価：本体600円＋税

ブラックレーベル

『トモダチ崩壊教室』なぁな・著

高2の咲良は中学でイジメられた経験から、二度と同じ目に遭いたくないと、異常にスクールカーストにこだわっていた。1年の時に仲良しだった美琴とクラスが離れたことをきっかけに、カースト上位を目指し、騙し騙されながらも周りを蹴落としていくが…？　大人気作家なぁなが贈る絶叫ホラー!!

ISBN978-4-8137-0227-6
定価：本体590円＋税

ブラックレーベル

ケータイ小説文庫 2018年4月発売

『新装版 地味子の秘密 VS 金色の女狐』 牡丹杏・著

みつ編みにメガネの地味子として生活する杏樹は、妖怪を退治する陰陽師。妖怪退治の仕事で、モデルの付き人をすることに。すると、杏樹と内緒で付き合っている陸に、モデルのマリナが迫ってきた。その日からなぜか陸は杏樹の記憶をなくしてしまって…。大ヒット人気作の新装版、第二弾登場!

ISBN978-4-8137-0450-8
予価:本体500円+税

ピンクレーベル

『暴走族くんと、同居はじめました。』 Hoku*・著

母親を亡くした高2の七彩は不良が大嫌い。なのにヤンキーだらけの学校に転入し、暴走族の総長・飛鳥に目をつけられてしまう。しかも、住み込みバイトの居候先は飛鳥の家。「俺のもんになれよ」。いつも偉そうで暴走族の飛鳥なんて大嫌いのはずが…!? 暴走族とのドッキドキのラブストーリー!

ISBN978-4-8137-0441-6
予価:本体500円+税

ピンクレーベル

『四つ葉のクローバーを君へ。』 白いゆき・著

高1の未央は、姉・唯を好きな颯太に片思い中。やがて、未央は転校生の仁と距離を縮めていくが、何かと邪魔をしてくる唯。そして、不仲な両親。すべてが嫌になった未央は家を出る。その後、唯と仁の秘密を知り…。さまざまな困難を乗り越えていく主人公を描いた、残酷で切ない青春ラブストーリー。

ISBN978-4-8137-0443-0
予価:本体500円+税

ブルーレーベル

『傷だらけの天使へ最愛のキスを』 涙鳴・著

高1の美羽は、母の死後、父の暴力に耐えながら生きていた。父と温かい家族に戻りたいと願うが、「必要ない」と言われてしまう。絶望の淵にいた美羽を救うかのように現れたのは、高3の棗(なつめ)。居場所を失った美羽を家に置き、優しく接する棗だが、彼に残された時間は短くて…。感動のラストに涙!

ISBN978-4-8137-0442-3
予価:本体500円+税

ブルーレーベル

書店店頭にご希望の本がない場合は、
書店にてご注文いただけます。